C H V

8,-

Botho Strauß
Groß und klein

Szenen

Hanser Verlag

ISBN 3-446-12598-1
3. Auflage 1979

Ausstattung: Klaus Detjen
Satz und Druck: Kösel, Kempten
Printed in Germany

Inhalt

Marokko

Lotte, Mitte Dreißig, allein. Auffallend zurechtgemacht, eine Touristin am Abend im Süden. Heller Hosenanzug, sehr bunte Bluse, falsches Haarteil als Knoten im Nacken, großes Ohrgehänge, aufgesteckte Wimpern und Fingernägel. Sie sitzt an einem Tisch im Speisesaal. Hinter ihr eine übergroße Jalousie, nicht ganz geschlossen, so daß Mondlicht hindurchfällt und die Schatten von zwei Männern, die draußen auf der Terrasse spazieren.

LOTTE Hören Sie?
Zwei Männer gehen draußen auf und ab.
Ewig.
Tiefe Stimmen. Hören Sie?
Wahnsinn.
Sie reibt ein Ohr. Sie gibt mit verstellter Stimme einen aufgeschnappten Satz wieder.
›Da wurden wahre Wunder vollbracht...‹
Wahnsinn.
Was haben die Kerle bloß für tiefe Stimmen!
Die sind nicht aus unserer Siesta-Gruppe.
Die kommen von woanders her.
Gott schütze mich, in der Hitze der Nacht.
Das klingt! Vater, Vater...
Die gehören nicht zu uns, die Kerle.
Hab ich mein Lebtag nicht gehört,
solche... solche...
Wohl – laute!
Wäre gesünder, man hörte nicht hin.
Aber was willst du machen?
Du kannst ja nicht schlafen,
wenn draußen diese Superstimmen –
Der eine sagt:
Warum nicht alles noch einmal
von vorne durchdenken, Frieder?
Tja. Frieder. Das ist der andere.

Frieder sagt: So kommen wir
nicht weiter, und weiter
müssen wir aber kommen.
Deshalb schlage ich vor:
denken wir rücksichtslos weiter,
und bloß nicht noch einmal von vorn.

Tja. Ruhe. Jetzt sind sie still.
Gehen wieder auf und ab.
Logiker sind das ...!

Marokko, Wahnsinn!
Muß man gesehen haben.
Anfangs waren wir eine gute Reisegesellschaft.
Wir paßten zusammen. Inzwischen aber.
Die Höllenhitze. Wir sind so ziemlich alle gegen jeden inzwischen.

Haben Sie gehört?
Der eine sagt Frieder zum anderen,
Frieder sagt zu ihm aber nichts.
So geht das schon seit Stunden, Wahnsinn.
Frieder nennt Nichtfrieder niemals beim Namen.
Ich warte bloß, daß ich endlich
weiß, wie Nichtfrieder heißt.
Ich warte bloß, daß es Frieder
mal endlich rausrutscht,
wie Nichtfrieder heißt.
Wenigstens ein kleines Ha – oder
Be – oder Wa –, Sie –, Ro –, Gus –, Joch –
Wahnsinn.
Die Ruhe der Logiker möchte ich haben.
Sie trinkt einen Schluck Mineralwasser.

Das ganze Haus voll ungerechter Menschen.
Da sind zwei Fremde draußen

und mit ihren Stimmen ein Labsal.
Solange sie gehen,
besteht immer noch Hoffnung,
daß sie später hier drinnen vorbeischaun.
Sie werden ja sehen: hier im Saal
ist noch Licht, soviel werden sie
vermutlich ja sehen.
Erst wenn ich erst einmal höre,
sie gehen die Terrasse hinunter,
dann weiß ich,
sie gehen durch den Haupteingang
hoch auf ihre Zimmer,
kommen hier drin nicht, wie erwartet, vorbei,
wo sie mich doch, vermutlich, zu guter Letzt,
auf ein Gläschen einlüden,
sehen ja, ich werd auch nicht jünger,
so wie ich hier sitze.
Erst wenn sie wirklich in ihren Betten liegen,
erst dann bin ich sicher,
daß mir auch heute der liebe lange Tag
nichts Neues, rein gar nichts gebracht hat.

Noch elf Tage in Agadir.
Die Zeit vergeht.
Ich habe bis jetzt bloß zugenommen.
Alles ist sehr einfach: nichts klappt.
Die Zeit vergeht, aber nicht richtig.

Mir ist, als wär zuhause Post in meinem Kasten.
Ich sehe ein großes Kuvert,
ich sehe die Heimatadresse, handgeschrieben:
sechsundsechzig Saarbrücken, Straße des dreizehnten
Januar, Numero acht.
Wahnsinn. Wer schreibt mir da?
Die Buchgemeinschaft schickt ihren Jahresprospekt.

So. Na. Freut mich. Besser als nichts.
Nochmal knapp an keiner Post vorbeigekommen.
Da!
Hören Sie? Der eine ...
Chefarztstimme.
Nichtfrieder ist es, der spricht.
Er sagt ... Momentchen! ... in etwa ...
Er sagte eben soviel wie ...
Schwierig. Soviel wie ›die elementaren‹,
›das Elementare‹. Wahnsinn.
Durch diese Superstimme versteh ich
fast nichts ... diese Stimme! ... Musik, Musik!
Eben sagt er: Warnung ...
Muß man gehört haben: ›Warnung‹!
Phantast!
Logiker sind das.
Und Deutsche!
Von denen Frieder vermutlich der führende Kopf.
Das zeigt sich schon daran, daß
Frieder von Nichtfrieder häufig,
aber Nichtfrieder von Frieder gar niemals
beim Namen genannt wird, obwohl es ihm
wenigstens einmal herausrutschen könnte, wie gesagt.
Worüber sprachen sie?
Was meinen sie?
Es ging um das Eine.
Das eine Elementare.
Später hieß es ›die elementaren‹ ...
die elementaren Hm-hm-hm. *Wie ›Troubadour‹ betonen.*
Was meinen sie?
Sodann ... sodann ...
Jemand hatte den Rubikon überschritten.
Soundso hatte den Rubikon überschritten.
Ein Name fiel.
Klang aber nach quasi nicht viel.

Wenig Vokabular. Minderes Wörtchen.
So ein Wörtchen, das nicht anschlägt im Brustkorb,
und ohne Brust klingt's bei Frieder
und auch bei Nichtfrieder,
als huschte ein Mäuslein über die Orchesterpauke.

Achtung! Frieder ...
Sie lächelt; schnell, staccato ›freudestrahlend‹ ...
belustigt ›durchausauch‹ ›durchausauch‹.
Nichtfrieder: ›zugegeben‹, ›unumwunden‹ ...
strenger und schneller werdend
Frieder: ›Unsitten sind ... einquartiert in ... Trunksucht und Gier nach ...‹
Was? Verstehe nicht ...
Nichtfrieder: ›Gier ... Schachertum, zähnefletschender Ego –
Frieder: ›Unbefriedigend!‹
Nichtfrieder: ›Gier ... Unterschiede zwischen denen, die ... Gierallein?
und jenen *langsamer werdend*
trotz Gier ... trotzgier‹
Ende. Gier.
Wahnsinn. So schnell!
Die Logiker liegen vorn, sag ich dir.
Jetzt gehen sie erstmal wieder ihre
zwei, drei Ründchen, jetzt denken Sie erstmal
hin und her, was sie da eben so blitzschnell gesagt haben.
Schöne Stimmen.
Herrlicher Wohlklang.
Wie gesagt, Genuß mit Rum.
Und worüber sprachen sie eben, Schwesterchen?
Gott, worüber sprachen sie ...?
Was soll ich sagen?
Über Trunksucht.
Über Habsucht.

Aber frag mich nicht, was.
Ich bin nicht der Typ, der sich alles merkt.
Ich bin kein Erinnerungsmensch. Ich war nie einer.
Hab ich nicht eben ›Gier‹ gesagt?

Solange sie gehen,
ist es ja möglich,
daß sie später doch noch hier drinnen vorbeischaun,
auf ein Gläschen,
und mit mir ins Gespräch kommen,
falls sie sich nicht entschließen,
zum Strand hinunter- und dann durch den Haupteingang
hinaufzugehen.
In dieser Höllenhitze findet
keiner den Schlaf des Gerechten.
Nur die, die heute etwas unternommen haben,
die also mit auf dem Ausflug nach Marrakesch waren
und erst spät am Abend zurückgekommen sind,
die schlafen jetzt fest wie die Ratzen.
Ich war nicht dabei.
Total zerstritten, wie unsere Gruppe ist.
Ich sitze tagsüber gern im lounge,
wo immer ein kühles Lüftchen weht.
Die Frauen schreien die Männer an,
einer nach dem anderen verliert sein Gesicht,
die Männer schreien die Frauen
mitten in der Wüste an.
Ich mache keine Extras mit.
Von Anfang an nicht.
Ich habe ja gar keine Extras gebucht.
Sie trinkt.

Gier, Neid, Desinteresse,
Habsucht und blinder Eifer –
das sind die Hauptleidenschaften,
die unserer Siesta-Gruppe am ärgsten zu schaffen machen.

Und Trunksucht.
Und –
das vergißt du jedesmal,
Frieder,
sobald wir hierauf zu sprechen kommen,
fehlt an dieser Stelle
ein logisches Teil –
und, sage ich, der Unterschied
zwischen den Gutbemittelten,
die sich einfach alles, und jenen
Mindergutbemittelten, die sich in aller Regel
nur das Nötigste vom Besten, was das Veranstaltungsprogramm
zu bieten hat, also keinerlei Extras, leisten können.
So reden sie. Wahnsinn. Genauso.
Das ist in etwa die Art, wie sie reden.
Natürlich mit anderem geistigen Schliff.
Sie reden über ganz andere Probleme.
Ich meine nur, die Art ist in etwa dieselbe.
Aber tiefe Stimmen, Gott schütze mich.

Überall Unordnung, jahrelang
Unordnung und Pech,
Lügen und Seitensprünge –
die von Paul in Saarbrücken –
ein Leben in Scheidung,
und dann Männer wie Frieder und Nichtfrieder,
welche Freundschaft!
Welche Logik!
Welche Stimmen!
Schnell wird man klüger …
Hören Sie?
Es geht wieder los.
Frieder: … soviel wie …
›Jammertal‹ …

Schön. So schön!
Singt ein wenig.
Ja-a-mmer-tal.
Wahnsinn.
Nichtfrieder: *Spricht schnell nach.*
›Die Erde lebt‹ oder ›bebt‹ . . .
›Der Mensch verliert das Bild vom Menschen . . .‹
Die Erde lebt oder bebt.
›Halt ein‹, sagt Frieder.
›Dies dürfen wir nicht undurchdacht lassen!‹

Unzufrieden.
Die Erde lebt oder bebt.
War nicht viel. Sie schweigen schon wieder.
Soviel wie . . .
hat ein Mensch ein Bild verloren.
Oder Brief?
Brief oder Bild, ich kann mich täuschen.
War nichts Erschütterndes.
Ein Bild, na ja.
Verloren, gutgut.
Aber d a s wars!
D a s wars!
Fast wäre es ihm rausgerutscht,
wie Nichtfrieder heißt, fast!
Halt ein, sagte Frieder, genau!
Er sagte doch: Halt ein. *Sucht durch den Rhythmus den Namen zu finden.* Hmhm . . . hmhmhm . . .
Auf der Zunge! Ha-!
Her-! Rolll-! Ber-!
Oder Karrr-?
Es hätte ihm herausrutschen m ü s s e n.
Scheißdreck.

Noch elf Tage in Agadir.
Singt laut.

Ja-mmer-tal.
Zwei Männer, Wahnsinn.
Auf und ab, hin und her.
Keine Leichtfüße, würde ich sagen.
Männer im reifen Mannesalter,
auf Ledersohlen, im feinsten Schuhwerk,
gehen ihre Runden, und knirscht es ja deutlich,
draußen auf der Terrasse,
Sand, Leder und Stein –
unter einem gewissen Gewicht,
unter dem Druck von Statur,
keine Sandalenträger, unüberhörbar,
keine Strohschuhtreter.
Wahrscheinlich heller Abendanzug,
cremefarben der eine und fliederweiß der andere,
dazu die burgunderrote Krawatte, wo hinter dem Knoten
der Kragen ein wenig offen steht,
bei der Kehle, bei der Stimme!
Unüberhörbar auch der Tuchstoffschlag der Hosenbeine.
Der eine klimpert in der Jackentasche
mit Feuerzeug und Münzen:
Nichtfrieder, glaub ich, während er denkt.
Frieder, führender Kopf, braucht ja nicht klimpern
zum Denken.
Ach, ich wünschte, ich wäre Frieder
oder Nichtfrieder und ging heut nacht
neben Frieder oder Nichtfrieder
draußen auf und ab, im gleichen Schritt und Tritt...

Nein, nein. Ich will ja nichts.
Wer wär ich denn.
Nur reden möcht ich dich hören,
mein seliges Paar!
Oh, redet, ihr meine unzertrennlichen Stimmen...!

Ein Tag Marrakesch
kostet mich hundertzweiundvierzig Mark
zusätzlich vom Taschengeld.
Hinzukäme Besuch der Märkte,
also Einkäufe, ohne die man Marrakesch nicht zu sehen braucht.
Hinzukäme zahlloses Bettelgesindel,
Früchte, Getränke und Mittagessen auswärts.
Hinzukäme die Gluthitze
und daß ich Busfahren nicht immer gut vertrage,
also ständig die Furcht,
vertrag ich's heute oder heute gerade wiedermal nicht,
ständig der kalte Schweiß, ob der Bus auch hält,
wenn mir schlecht wird,
wo wir uns sowieso schon
spinnefeind sind, jeder gegen alle.
Da!
Frieder...!
Sie springt auf; lacht freudig; versucht zu verstehen.
Was?–Was?–Was?
Bewegt von der Stimme geht sie ein paar Schritte vor – entgegengesetzt zur Hörrichtung.

Ja!... Ja!
Für chte
Für chte chte chte
Sie redet in Begeisterung.

Siehe, der Mensch wird
abgehen von dieser Erde
und aus sein in allen seinen Werken.
Hinter ihm wird der Boden erröten in
Scham und Fruchtbarkeit.
Die Gärten und die Felder werden
in die leeren Städte einziehen,

die Antilopen in den Zimmern äsen, und
in offenen Büchern wird der Wind zärtlich blättern.
Die Erde wird unbemannt sein und aufblühn.
Die gefesselte Hoffnung, befreit von jeglichen Propheten,
wird erlöst sein und in der Stille reichlich wirken.
Frachtlos wiegt sich das Meer,
unbetreten wandert das Land und spielt an hohen Blumen
die Luft.
So wird es sein für tausendzweihundertundsechzig Tage...

Wieder für sich.
Tausendzweihundertundsechzig Tage...
Was heißt das? Wie komme ich auf
tausendzweihundertundsechzig Tage?
Das macht umgerechnet vier Jahre.
Vier Jahre, nicht ganz. Vier Jahre was?

Sie hört.
Die Männer stehen still!
Die Männer gehen nicht mehr!
Gütiger Himmel, was hab ich gesagt?
Sie stehen still –!
Ich höre: sie stehen, sie schlucken!
Sie hören! Sie horchen mich...
Lieber Gott, mach sie wieder gehen...
sie horchen mich!
Sie hält sich den Mund zu.
Nichtfrieder: ›Mir war,
als hätte jemand im Haus geschrien.‹
Frieder: ›Auch ich glaube, daß es
geschrien hat. Doch gegenwärtig schreit es nicht.
Entweder die Noth ist überstanden –‹
Nichtfrieder: ›oder die Freude‹ –
Frieder: ›oder es kommt zu erneutem Geschrei‹...
Sie schweigen. Sie sehen auf ihre Schuhspitzen.

Sie heben die Köpfe, unüberhörbar, sie schütteln die Köpfe.
Wahnsinn.
Sie gehen! Allmächtiger, sie gehen wieder!
Sie läßt sich in den Stuhl fallen.
Oh Gott...
Oh wie lebendig...!
Während der Schlußsätze nimmt sie Stück für Stück das Haarteil, die Ohrringe, die Wimpern usw. ab und legt alles vor sich auf den Tisch.

Vermutlich –
vermutlich bin ich etwas zu laut geworden.
Wie dumm von mir.
Wie dumm.
Es fällt mir nicht leicht,
ganz ohne –
ganz ohne Wortwechsel,
manchmal tagelang ohne ein Visavis
meinen Urlaub zu verleben.
Es rutscht mir am Abend
leicht mal ein Wörtchen heraus, und ich merke es gar nicht.
Ich rede wunders was und meine aber fest,
ich denke nur. Was soll man machen?
Man muß sich bloß einmal klar werden darüber,
dann geht es schon wieder.
Sie schweigt und hört.
Schöne Stimmen.
Hören Sie?
Ewig.
Heute lieber als damals.
Sie lächelt.
Wahnsinn.

Dunkel

Nachtwache

Lotte
Der Mann
Die Frau

Schlafzimmer der Frau am Morgen. Fenster mit zugezogenen Vorhängen. Die Frau schlafend in ihrem Bett. Der Mann sitzt neben dem Bett auf einem Stuhl. Anzugjacke über der Stuhllehne, offenes Hemd, aufgeknüpfte Schnürsenkel.

FRAU *fährt aus dem Schlaf.* Was ist?
MANN Ruhig. Schlaf nur.
Nichts ist.
FRAU Hast du nicht eben gerufen?
MANN Nein.
FRAU Was machst du in meinem Zimmer?
MANN Ich sitze hier.
FRAU Seit wann?
MANN Die ganze Nacht.
FRAU Die ganze Nacht?
Mußt du dich nicht fertig machen?
MANN Ich gehe heute nicht.
FRAU Ist irgend etwas?
MANN Nein.
FRAU Warum liegst du nicht in deinem Bett?
MANN Ich mochte nicht.
FRAU Ich muß heute die Kinder abholen.
Wie ist das Wetter draußen?
MANN Nebel. Ich glaube, es ist Nebel.
FRAU Mist. Ich fahre nicht gern bei Nebel.
MANN Ich könnte fahren.
FRAU Willst du die Kinder abholen?
MANN Wir könnten gemeinsam fahren.
FRAU Rosa hat keinen Mantel dabei.
Sie hebt die Decke weg und setzt sich auf.
Wie spät ist es genau?
MANN Acht Uhr und vierzig Minuten.
FRAU Du müßtest längst fort sein.
Habe ich was gesagt?
Habe ich im Schlaf gesprochen?

MANN Nein.
FRAU Wolltest du mich aushorchen oder wie?
MANN Nein.
FRAU Gibt es irgend etwas zu besprechen? Du!
MANN Nein. Wir könnten zusammen die Kinder abholen.
FRAU Weißt du, ich meine, du sitzt hier in meinem Zimmer und horchst, wenn ich schlafe, irgendwie finde ich das nicht so gut oder wie findest du das?
Da er nicht antwortet, dreht sie sich zu ihm um.
Hm? *Er zuckt die Achseln.*
Was heißt –? *Sie macht sein Achselzucken nach.*
Sei doch nicht so dickfellig! Sag mir doch,
was das bedeuten soll, warum du die ganze Nacht hier sitzt und horchst?
MANN Ich habe nicht horchen wollen. Es war –
so nicht gemeint.
FRAU Jetzt kann ich mir den ganzen Tag den Kopf zerbrechen, was das nun wieder soll, dasitzen und horchen, wenn ich schlafe; dir fällt also auch immer was Neues ein, um alles noch komplizierter zu machen, noch komplizierter!
MANN Ursprünglich –
FRAU Sag mal: was verlangst du eigentlich von mir?!
MANN Ich meine: was ist daran so kompliziert?
FRAU Alles. Du machst alles nur noch komplizierter.
MANN Ursprünglich ist es etwas sehr Einfaches, etwas vollkommen Einfaches, daß jemand neben dir sitzt und jemand wach bleibt neben dir, wenn du schläfst, etwas, im Grunde genommen, etwas Beruhigendes.
FRAU Es k a n n schön sein, wenn jemand s a g t, er wacht bei einem. Das k a n n schön sein, wenn man es w e i ß, beim Einschlafen, da wacht einer. Aber du, du schleichst dich nachts in mein Zimmer, und ich spüre, unbewußt spüre ich ja, da ist einer im Zimmer, da atmet was, dann sage ich dir, dann ist das schlicht und schlecht nur unheimlich, es ist unheimlich!

MANN Wie soll ich dir vorher sagen, ich komme und ich wache?
So etwas sagt kein Mensch vorher.
Du suchst das Mißverständnis.

FRAU Man sagt es nicht, man sagt es nicht und macht mir lieber die bösen Träume. Wie ich da wieder rauskomme, ist ja nicht deine Sache. Wie soll ich da wieder rauskommen, hm?!
Die ganze Stadt fiel runter vom Abhang, runter gestürzt in den Fluß, und ich Kleine drüben im Wohnzimmer des älteren Birkholz...
Der Mann ist aufgestanden, geht zum Fenster.

MANN Du hast im großen und ganzen ruhig geschlafen. Bis in den frühen Morgen, als es draußen hell wurde.
Er beschäftigt sich ausführlich mit dem Vorhang; die Frau sieht ihm zu.
Der Vorhang ist bei weitem auch zu dünn.
Läßt das erste Licht schon durch.
Früher hatten wir diese dicken Stores...
Man müßte vielleicht – entweder draußen ein Rolladen oder drinnen mehr als bloß Gardinen...

FRAU Schöps.

MANN Du brauchst es morgens lange dunkel.

FRAU Schöps.

MANN Ach, weißt du...
Die Frau versucht aufzustehen, fällt zurück aufs Bett.

FRAU Wie komme ich bloß aus diesem Alptraum raus?
Ich bin sowas von zerschlagen.
Gott, was hast du bloß für einen Mist gebaut!
Da bleibt bestimmt ein Schaden.
Sie steht auf, geht nebenan ins Bad. Der Mann zieht die Vorhänge auf, öffnet das Fenster.

MANN *für sich.* Das kann sie sagen, das m u ß sie sagen, weil sie eben eine so wunderschöne Frau ist.

Schlechte Nächte kann sie sich nicht leisten, ich mache das nie wieder.

Er setzt sich auf seinen Stuhl.

Nun kommt sogar die Sonne durch den Nebel.

Sie wird sich freuen.

Ich weiß ja, daß sie vor allem fröhlich sein möchte und wie versessen ist auf gute Laune, schöne Aussicht.

Sie sucht die Lebensfreude jetzt mit jedem Schritt und Gruß und ist inzwischen doch so bitterlich nervös geworden, daß sie den Lärm, den Freude nun einmal schlägt, kaum noch ertragen kann.

Mitunter, in guter Gesellschaft, es läßt sich nie vermeiden, ein Ausbruch unverschämten Lachens, rückwärts aus der andern Ecke – da stöhnt sie auf, kniet und springt davon, entsetzt wie eine Katze. Weil sie nicht weiß, worüber ihre guten Freunde lachen nebenan, hört sie sich ausgelacht und hört nur, wie Raubvögel kreischen über ihr. So sagt sie selbst.

Dann habe ich sie anzuhalten. Ich führe sie in größter Ruhe auf ihr Zimmer und lasse an mir niedergehen, was sie in Angst und Flüchen, ordinär und blind, sich von der Seele schreit.

Dann schreit sie. Ich sitze da und sie kommt außer sich. Ich brauche nichts zu sagen und kann ihr trotzdem helfen. Das gibt sie selber zu. Manchmal geht sie später wieder zu den Gästen, manchmal nicht. Manchmal nicht.

Lotte lehnt von der Straße her im offenen Fenster. Sie trägt ein etwas aus der Mode gekommenes zweiteiliges Kostüm.

Seit ich die Sorge kenne, brauche ich weder Freude noch Sehnsucht. Die Sorge füllt einen Mann ganz aus, die Freude wird das niemals können.

LOTTE Mit wem sprechen Sie so schön?

MANN Ich dachte an meine Frau.

LOTTE Ich kenne sie vom Sehen.

Reden Sie nur weiter.

MANN Nichts wird mich je von diesem Menschen abbringen, nicht einmal die Kinder und nicht die Liebe zu den Kindern. Sie will ich sehen, auf meinem letzten Blick, und ihre Hände halten, wenn eines Tages das Fest zu Ende geht.

Die Frau kommt zurück aus dem Bad.

FRAU *zu Lotte.* Wer sind Sie?

LOTTE Ich kenne Sie vom Sehen.

FRAU Sie sind?

LOTTE Ich bin Lotte.

FRAU Und?

LOTTE Und nichts.

FRAU Sie lehnen in unserem Fenster, weil?

LOTTE Weil ich Ihren Mann hier reden hörte, und das klang gut.

FRAU Geredet hast du? Was?

MANN Nur so.

FRAU Übernächtigt, wie du bist.

LOTTE Übernächtigt ist er?

Die Frau nimmt Kleider aus dem Schrank, legt sie über das Bett, um unter ihnen auszuwählen.

FRAU Sind Sie nicht etwa Schwester in der Klinik von Professor Tischner?

LOTTE Nein. Grafikerin bin ich. Aber selbständig.
Früher war ich Krankengymnastin, insofern haben Sie nicht ganz danebengetippt. Aber im Bürgerhospital und damals Angestellte.

FRAU Da war ich auch schon mal.

LOTTE Mein Mann ist der Publizist Paul Liga.
Ist bekannt?

FRAU Nein.

LOTTE Schreibt auch unter dem Namen Smoky.
Kein Begriff?

FRAU Ich wüßte nicht.

LOTTE Sie sind nicht nur schön.

Sie haben auch noch Wunderschönes zum Anziehen.

FRAU Spaß beiseite.

LOTTE Ohne Spaß.

FRAU Sie mögen's glauben oder nicht: Ich kaufe schon seit Monaten nichts Neues.

LOTTE Im Leben von Saarbrücken sind Sie wie eh und je ein Blickpunkt.

FRAU Ich mag nicht mehr.
Ich habe jahrelang das Meinige versucht, noch einmal einen Reiz in unser ödes Kaff zu setzen.
Ich mag nicht mehr, ich kann nicht mehr.
Es wird ja nicht beachtet.

LOTTE Sie können von Glück sprechen: Sie haben Ihre eigene Note.

FRAU Ich spüre aber: die Leute hassen gerade das.
Die hassen meine eigene Note.
Die hassen mich von oben ab: mein Gesicht, mein Rouge, mein Weiß. Ich steh doch heute vor keinem Schaufenster mehr, ohne ständig die Angst, daß einer mir von hinten den Schädel in die Scheibe drückt.

MANN Es ist vermutlich nur die Spitze des Eisbergs der allgemeinen Erregung in der Heutzeit –

LOTTE Die Spitze des Eisbergs? Hoho!

FRAU Eine anspruchsvolle Aussage, Egbert!

LOTTE Die Spitze des Eisbergs! Hoho!
Ein geglückter Vergleich, Egbert!

FRAU Vorsicht!

LOTTE Ja.
Ich sähe Sie gern mal wieder in dem stillen Ton, in dem Sie vor zwei Jahren beim Tennisländerkampf gesessen sind.

FRAU Den stillen Ton?
Sie meinen: dreiviertellang und beige?

LOTTE Ja.

FRAU Von Chanel.

Sie geht zum Schrank, zieht ein Kleid hervor.
Das?

LOTTE Nein. Das war es nicht.

FRAU *sucht.* Den stillen Ton von vor zwei Jahren ...
Das?

LOTTE Nein. Auch nicht.
Sehen Sie, dort, neben dem moosgrünen Plissée ...

FRAU Das?

LOTTE Nein. Davor.

FRAU Das?

LOTTE Eins weiter.

FRAU Das?

LOTTE Ja! Das war's! Das war's!

FRAU Doch nicht beige!

LOTTE Ziehen Sie es, bitte, kurz eben über, nur für mich ...

FRAU Das Düstere von Misoni!
Nie im Himmel bin ich in dem beim Länderkampf gewesen.

LOTTE Doch doch, ich schwör's.
Der stille Ton ...

FRAU Ich könnte es Ihnen aus dem Tagebuch beweisen: das habe ich seit Martinas Geburt nicht mehr getragen.

LOTTE Egal. Ich möchte es erleben. Bitte!
Die Frau zieht das Kleid an.
Ich dachte noch: die sitzt ja da wie einst die wunderschöne Frau, um die die Ritter in Turnieren kämpften ...
Herrlich. Es ist herrlich. Klasse!
Ein so stiller Ton, ganz von innen her, und weich und fließt!

FRAU Crêpe de Chine.
Changiert. Ein bißchen düster.
Sie zieht sich Strümpfe an.

LOTTE Im Mittelpunkt des Mittelalters stand felsenfest das Bild der wunderschönen Frau.
Denn sie war damals dem Manne der erste Schritt zu Gott.

FRAU Und ist es noch. Und ist es heute wie damals!
LOTTE Nur: niemand will mehr zu Gott.
Wer will noch über die schöne Frau hinaus?
Sie ist dem Manne zum Selbstzweck geworden.
FRAU *bürstet ihre Haare.* Machen Sie was.
Sie sind nicht etwa eine von der Kirche?
LOTTE Nein.
FRAU Na!
LOTTE Ich möchte bloß wissen, wie Sie sich mit Saarbrücken zufriedengeben können.
FRAU Ich bin nicht zufrieden mit Saarbrücken.
So etwas dürfen Sie nicht von mir denken.
LOTTE Sie müssen gesehen werden. Auch mal in Weltstädten.
Der Mann, der zwischen Lotte und seiner Frau hin und her guckt wie ein Tennisschiedsrichter, kichert leise und schüttelt den Kopf.
FRAU Wie? Mit den Kindern im Gepäck?
LOTTE Wer sich nicht zeigt, verfällt.
Gehen Sie für mich einmal quer durchs Zimmer.
Ich bitte Sie.
FRAU Ich werde lieber still von vorne angesehen.
LOTTE Haben Sie etwas nicht so Schönes zu verbergen?
FRAU Nein. Nichts.
Es fehlen so früh noch die passenden Schuhe.
Ich weiß nicht welche.
Welche sind heute die einzig richtigen?
Egbert, was ziehst du denn heute an, außerhalb der Firma?
MANN Ich? ... Ich dachte lediglich an den Blaßgestreiften.
FRAU Den ollen Blaßgestreiften?
Dazu paßt ... dazu paßt ... Nein. Scheiße.
Also, dazu müßte ich glatt das alte Pucci-Kleid vom Speicher holen.
MANN Nein, nein. Bitte, ich richte mich ganz nach dir.
Ich nehme dann vielleicht ...
FRAU Vielleicht den tintenblauen Fresco?

MANN Nolens volens.

FRAU *klatscht in die Hände.* Oh ja! Fein! Sehr fein!
Dazu probier ich endlich mal den lieben Seidenblazer von Brosoli.

LOTTE Nun gehen Sie doch ein bißchen.
Treten Sie für mich ruhig gern in Strümpfen auf.
Ich bitte Sie.
Die Frau steht zögernd auf.
Ja! Gehen! Nur los! Jetzt sind die Füße dran!
Die Frau geht hin und her, mit zunehmender Allüre.

LOTTE Nicht wandeln, nichts verschleppen und noch schneller!
Tipp–topp ... Tipp–topp ... Tipp–topp!
Ja, so gehen Sie schön. Klasse!
Ach, wenn ich die Augen ein bißchen blinzeln lasse, da sind Sie fern und ein Idol ...
Gut für die Erinnerung, danke sag ich.
Wie geschaffen für Erinnerung.
Gehen Sie! Gehen Sie! Und umgebogen!
Was Ihnen fehlt, sind Tausende, die Sie beneiden.
Was Ihnen fehlt, sind Laufsteg, Galadiner und Tête-à-têtes auf höchster Ebene!

FRAU Das ist meine Welt!

LOTTE Und sonst gar nichts!

FRAU Und sonst gar nichts.

MANN *laut.* Quatsch!

FRAU Sehr liebenswürdig von Ihnen heute morgen.
Ich fühl mich wieder wohl.
Ein guter Zuspruch aus offenem Fenster tut ja besser als Gymnastik.
Sie setzt sich in ihren Ankleidestuhl.

LOTTE Nun wollen wir die richtigen Schuhe suchen.

FRAU Egbert bockt.
In seiner Firma arbeiten nur drei Angestellte. Vier Mann der ganze Export. Wir alle kommen durch. Aber Land und

Leute hat er keine mehr studiert in den letzten fuffzehn Jahren.

LOTTE Schuhe suchen. Schmuck betrachten. Erscheinung bleiben!
Hüte, Mäntel, Capes und Tücher!

FRAU Jetzt möchte ich Sie bitten, den Hokuspokus einzustellen.

LOTTE Aber ein Stückchen näher sind wir uns hoffentlich gerückt.

FRAU Man hat nun eine weitere Person in Saarbrücken, die man grüßen muß.

LOTTE Wie?
Ja, was glaubst denn du?
Ich hätte dir was vorgemacht? Blauen Dunst?

FRAU Na, so lala.

LOTTE Aber nein! Es ist nur meine Art ... es ist so meine Art! Man ist sich fremd, man windet sich, man redet leicht drauflos. Glaub mir doch, ich möchte dich kennenlernen!

FRAU Wer weiß ich denn, daß du bist?
Möchte auf niemanden hereinfallen.
Deine Art, ja. Deine Art ist nett.
Aber so eine Art verfliegt so schnell.

LOTTE Ich bin einfach frei genug, daß ich irgendwie innerlich auf dich anspreche ...

FRAU Und ich bin eine Familie.
Ich suche keinen Anschluß bei fremden Leuten.

LOTTE Das soll ich verstehen?

FRAU Das m u ß t du auch verstehen.

LOTTE Trotzdem. Man hat sich eine Menge zu erzählen in einer neuen Bekanntschaft.

FRAU Wir sind keine Bekanntschaft.
Sie steht auf, geht zum Fenster, will es schließen.

LOTTE Du! ... Nicht!
Meine Interessengebiete sind: Zeichnen, Lesen, Sprachen, Zeitgeschehen!

Nicht!
Laß uns spazierengehen!
Laß mich dein Kind einmal reden hören!

FRAU Meine Kind e r! Es sind zwei. Rosa und Martina.

Die Frau schließt das Fenster, zieht den Vorhang zu. Der Mann beginnt unruhig zu reden.

MANN Es ist doch sonderbar, daß niemand aus der Firma anruft, wo ich bleibe. Ich wünschte, Schönborn, Körner und Berkenrath täten wie ich und blieben zu Hause bei ihren Frauen am Vormittag. Wir müssen nicht so viele Magnetventile verkaufen, müssen es nicht. Die Elektronik auf dem Vormarsch, wie du häufig, aus der Illustrierten heraus, sagst, macht uns ja bis heute keine Sorgen. Im Gegenteil, der Umsatz ließ sich minimal noch etwas steigern. Das Magnetventil. Oder das Dingsda, wie du sagst.

Er holt ein Magnetventil in Gold aus der Jackentasche.

So ein Dingsda schmiedet eine ganze Existenz. Mein Spezial, ohne das man in Basel und in Bogota noch keine Lüftung in Aquarien bauen kann. Das geht nun ab durch mich aus Deutschland in die ganze Welt. Unter all den prächtigen Gütern, mit denen die Menschheit Handel treibt, biete ich dies kleine häßliche Dingsda an. Ja, das ist zum Lachen. Und doch hast du's mir zum Vierzigsten in Gold geschenkt, denn Gold hat es uns gebracht bis dato. Ja, ich bin der erste, der ein Gelächter anstimmt über mich. Aber, siehst du, bei dir beginnt meine Selbstachtung. Meine Selbstachtung bist du. Laß das Materielle nur ein Lustspiel sein, laß es da unten nur kichern und kreischen. Hier oben soll es ernst bleiben und still. Hier oben wir.

FRAU Was denkst du dir? Was?
Schläfst nicht die Nacht.
Redest morgens laut mit dir selbst, daß es Passanten anzieht. Fantasierst!
Gehst nicht in den Export.
Was soll denn aus uns werden?

MANN *leise.* Mit ein bißchen Herzenstakt, bitte schön, wird es schon gehen.

Dunkel

Zehn Zimmer

Lotte
Die dicke Frau
Die Alte
Der Alte
Gitarrenspieler
Wissenschaftlicher Assistent
Wissenschaftliche Assistentin
Frau im hochgeschlossenen Kleid
Paul, Lottes Mann
Der Türke
Das Zelt

1

Das Zimmer. Leerer Raum. In der Rückwand rechts eine Tür, links ein Fenster. Helles Licht. Fenster, Tür, die Raumproportion insgesamt so vergrößert, daß erwachsene Menschen darin überraschend klein erscheinen. In der Mitte des Zimmers liegt ein zusammengekrümmter, verschmutzter Gummimantel auf dem Boden. Man hört Lotte durch ein Treppenhaus laufen, einen Flur entlang. Es klopft an der Tür. Lotte drückt die Klinke herunter. Ein großer, im Schloß lose hängender Schlüssel fällt ins Zimmer. Die Tür bleibt ungeöffnet.

LOTTE *von draußen.* He, Alter!
Mach auf!
Sie hört.
Ich bin's: Lotte ...
Sie klopft schwächer; leise.
Liebling ...?
Das Licht nimmt ab.
Liebling?
Langsam, dann schneller sich entfernende Schritte im Treppenhaus.

Dunkel

2

Ein anderes/dasselbe Zimmer. Leerer Raum. Hell. Eine dicke Frau. Ihr linker nackter Arm abgebunden mit einem Abbindetuch, das mit Blumen bestickt ist. Sie sucht eine bequeme Stellung, um sich Morphium zu spritzen. Sie beugt sich, lehnt sich an die Wand, hockt, kniet und setzt sich schließlich auf den Boden. Lotte öffnet die Tür und bleibt im Anblick der Frau stehen. Sie trägt einen offenen Mantel über dem graublauen Kostüm. In der linken Hand ein kleines Fernsehportable, unter dem rechten Arm eine Zeichenmappe.

DICKE FRAU Raus oder rein.
Lotte schließt sehr langsam die Tür. Die Frau spritzt sich.

Dunkel

3

Das Zimmer. Offenes Fenster. Ein kleines Einmannzelt, an dessen vorderem Hering ein Fäustling aufgehängt ist. Die Plane umschließt eng wie ein Kleidungsstück einen Körper, der heftig atmet. Lotte kommt zur Tür herein. Das Zelt ruckt erschrocken zur Seite. Lotte schlägt die Tür zu und läuft davon.

4

Das Zimmer. Ein älteres Ehepaar. Der Mann massiert vor dem offenen Fenster den vorgebeugten, nackten Rücken seiner Frau. Lotte klopft leise, tritt ohne Aufforderung ein. Die beiden Alten richten sich zu ihr auf.

DIE ALTE *leise.* Die Rosel ...!
Gütiger Herr im Himmel, das Kind!
LOTTE Entschuldigung ...
DER ALTE Bitte, gehen Sie, nur für einen kleinen Augenblick, grad vor die Tür, bitte.
Lotte weicht zurück, schließt die Tür.
DER ALTE Es war nicht die Rosel, Muttchen.
Hörst du mich?
DIE ALTE Jetzt kommt die Rosel in unsere Tür.
Nein, hab ich eine Freude!
DER ALTE Ruhig, ruhig.

Die Alte Jetzt dacht ich, das Kind steht in der Tür.
Er streichelt sie im Nacken.
Der Alte Ja. Es war nicht die Rosel.
Die Alte Nein. Wer weiß?
Der Alte Gut. Jetzt geh ich zum Fräulein und hol es wieder rein.
Die Alte Auf den ersten Blick, wie die aussah!
Herr im Himmel, habe ich eine Freude gehabt!
Der Alte *öffnet die Tür.* Sie ist nicht mehr da. Fortgegangen.
Die Alte Fort?
Du hättest sie nicht rausschicken dürfen, den Moment.
Der Alte *schließt die Tür, kommt zurück.*
Nein. Vielleicht.
Andererseits wird sie nicht viel gewollt haben von uns.
Die Alte So einfach fort...
Das ist beinah, als wär's doch die Rosel gewesen.
Der Alte Denk mal nach, wie unmöglich das ist.
Sie beugt sich wieder vor, der Alte massiert ihre Schultern.
Die Alte Bei den Vermißten ist gar nichts unmöglich.
Der Alte Aber die Rosel, wenn die Rosel hier eines Tages in der Tür steht, die sieht jetzt doch viel, viel älter aus als damals. Die sieht jetzt vielleicht genauso alt aus wie die Frau im ersten Stock.
Die Alte Wie die Inge?
Das glaube ich nicht.

Dunkel

5

Das Zimmer. Auf dem Boden ein junger Mann, an die Wand gelehnt, spielt leise auf der Gitarre. Lotte öffnet die Tür, hört ein wenig zu. Schließt dann sehr langsam die Tür.

GITARRENSPIELER Bleib.

Lotte öffnet die Tür wieder, nur einen Spalt.

LOTTE Wie?

GITARRENSPIELER Bleib doch.

LOTTE Schön. Sie spielen schön.

GITARRENSPIELER Wohnst du hier?

LOTTE Ich suche jemanden.

Der Gitarrenspieler nickt den Kopf nach hinten, verstärkt sein Spiel. Lotte schließt die Tür und geht.

Dunkel

6

Das Zimmer. Eine Frau in einem hellen, einteiligen, bis unters Kinn geschlossenen Kleid, das am Oberkörper fest wie eine weiße Uniform anliegt. Sie steht hinter der Tür und horcht auf Schritte, die sich nähern. Noch bevor Lotte anklopfen kann, reißt sie die Tür auf.

FRAU IM HOCHGESCHLOSSENEN KLEID
Was wollen Sie?

LOTTE Zu Herrn –, Herrn –

FRAU Manfred, ja? Mani, ja?

LOTTE *schüttelt den Kopf.*

FRAU Der wohnt nicht mehr hier.

Sie schlägt die Tür zu, geht ans Fenster, öffnet es, steht mit auf dem Rücken gekreuzten Armen im Fenster.

LOTTE *öffnet vorsichtig die Tür.* Herrn Paul Maria Undank ...

FRAU *sieht sich Lotte an.* Treten Sie ein.

LOTTE *im Zimmer.* Oder auch Sebastian Lügenfreund ...

Sie stellt sich neben die Frau ans Fenster.

Ist bekannt?

FRAU *nickt.* Oder Manfred Diebstahl.

Lotte nickt. Sie stehen eine Weile nebeneinander am offenen Fenster.

Dunkel

7

Das Zimmer. Der wissenschaftliche Assistent und die wissenschaftliche Assistentin kommen herein. Beide in Trainingsanzügen und Turnschuhen. Sie hat eine Brille auf. Trägt mehrere Plastiktaschen vom Supermarkt, überfüllt mit Büchern aus der Bibliothek. Er schließt das Fenster.

ASSISTENT Müde?
ASSISTENTIN *schüttelt den Kopf.* Du kennst mich.
ASSISTENT Setz ab.
ASSISTENTIN Warum trag ich deine Bücher?
ASSISTENT Gudrun, du m u ß t meine Bücher nicht tragen.
ASSISTENTIN Na gut. Ich trag sie aber. Darum geht's.
ASSISTENT Nun sag, mein Herz, was bringst du mir heute in deinen prallen Wundertüten?

Sie kniet am Boden, packt Bücher aus, liest die Titel.

ASSISTENTIN Bismarcks ... Bis-marckssche.
ASSISTENT Lies ordentlich. Bismarckische –
ASSISTENTIN Das.
ASSISTENT Wie?
ASSISTENTIN Das Bismarcksche. Kennst du?
ASSISTENT Weiter! Hab ich nicht bestellt. Kann ich nicht gebrauchen. Weiter!
ASSISTENTIN Wart's doch ab. *Liest.* Storia degli –
ASSISTENT Storia degli salutationi cordiali alla corte di Federigo secondo! Endlich! Endlich! Großer Gott, danke!
ASSISTENTIN Endlich! Danke!

Er läuft zu ihr und reißt ihr die Brille vom Gesicht, das Buch aus den Händen und geht damit zum Fenster.

ASSISTENT Die Geschichte der herzlichen Begrüßung ... Endlich!

ASSISTENTIN *ruhig.* Jetzt reiß mir doch nicht die Brille vom Gesicht.

Jetzt reiß mir doch nicht die Storia aus den Händen.

Sie nimmt weitere Bücher, hält sie dicht unter die Augen, liest die Titel vor.

The Psychoanalysis of Rin tin tin. So frag mich doch. Oder warte ein bißchen. Katharina Medusa. Ich habe mich ganz genauso gefreut auf die Storia. Ansichten und Absichten. Walden. Witiko. Waidmanns Taschenkalender. *Sie weint leise.* Du, ich mein, was soll's. Der Winzer ... Der Winzling von Bebra. Alles W. Scheiß W.

ASSISTENT Gudrun: wozu diese Bücher?

ASSISTENTIN Du, ich finde das ganz einfach Scheiße von dir.

ASSISTENT Wieso?

ASSISTENTIN Weil ich das sowas von beschissen finde.

Lotte kommt halb in die Tür. Die beiden sehen sich um, beachten sie aber nicht weiter. Nach einer Weile schließt sie die Tür wieder.

ASSISTENTIN *liest weiter, zieht die Nase.* Notker, Preußen, Bericht.

ASSISTENT Gudrun: wozu diese Bücher?

Deine Ausleihe ist mir heute unheimlich.

ASSISTENTIN Überall Spuren vom Thema, überall Spuren. Begrüßungsmaterial.

Der Assistent geht zu ihr, reicht ihr die Brille und das Buch. Sie setzt die Brille auf, schlägt das Buch auf. Sie setzt die Brille wieder ab, wischt Tränen aus den Augen.

ASSISTENTIN Scheiß Brille. Lies du.

Assistent nimmt Brille und Buch zurück, geht wieder zum Fenster.

ASSISTENTIN *blättert in einer Broschüre.* Wir müssen viel systematischer suchen. Die ganze Bibliothek, alles absuchen, überall Spuren vom Thema …

ASSISTENT Wenn die Storia bloß keine Enttäuschung wird.

ASSISTENTIN Was sagst du, was?!

ASSISTENT Im Vorwort faselt es.

ASSISTENTIN Die Storia? Das fehlte noch. Ja, das fehlte noch.
Gebe Gott, daß das Werk sich rappelt.
Sonst werden wir aber lange Gesichter machen, wir beide, hm?

Dunkel

8

Das Zimmer. Geschlossenes Fenster. Ein alter kräftiger Mann geht in seinem offenen Regenmantel hin und her. Lotte kommt mit Zeichenmappe und Portable zur Tür herein.

LOTTE Hier bist du! … Ufff!
Da kann man ja lange suchen.
Sie stellt Portable und Zeichenmappe ab. Zieht ihren Mantel aus, legt ihn sorgfältig über den Arm. Der Alte geht ohne Unterbrechung seine Bahn.
Arbeitest du hier?

Hast du meine Grüße im Radio gehört?
Ich habe dir den Fackeltanz von Meyerbeer bestellt und Glückwünsche. Es wurde auch
gesandt. Gesendet.
Nein?

Kommst du zurecht, Paul?

Und wie sieht es beruflich aus?
Ärger?

PAUL *bleibt plötzlich stehen.* Was willst du?
LOTTE Geld.
PAUL Mach, daß du rauskommst.
LOTTE Dann will ich geschieden werden.
PAUL Wir brauchen keine Scheidung.
LOTTE Ich brauche sie.
Ich kriege ein Stipendium vom Staat, wenn ich was Neues lernen will.
Von dir krieg ich ja nix.
Paul geht wieder.
Ich möchte Sprachen studieren.

Was macht die Politik?
Keine Zeitungen hier oben, nein?
Ich höre dich noch sagen: ›Kriegsgefahr ... Kriegsgefahr!‹
Erinnerst du dich?
Es ist nun aber doch Frieden geblieben.
Ich höre dich noch oft etwas sagen, weißt du.

Geh nicht so.

Warum läufst du so unbändig in deinem Zimmer?
Was denkst du?
Steh still!
Du bist ein Tier, Undank.
Man steht ja wie im Käfig, wo du gehst.
Still! ... Steh still! ... Still!
Sehr laut.
Wann gehst du denn abends zu Bett, du?!
Paul bleibt stehen, sieht sie starr an; leise.
Du hast mir ja gar nicht geschrieben.
Du hast mir ja gar nicht geschrieben, ob ich kommen soll oder nicht.

Dunkel

9

Das Zimmer mit dem kleinen Zelt. Lotte wird von Paul hineingestoßen. Die Tür wird zugeschlagen und von außen verschlossen. Lotte erschrickt vor dem Zelt, das auf sie zukriecht.
Sie flüchtet an eine Wand, Kopf gegen den Arm gedrückt. Das Zelt folgt ihr. Nach einer Weile …

LOTTE Bernd?
Das Zelt kommt bis zu ihren Füßen; sie dreht sich um.
Der Bernd, mein Bruder, hatte nämlich auch so ein Zelt wie du … Bist du ein Junge oder ein Mädchen?

Bei uns zu Hause –
oder war es später bei Rots auf dem Eck? –
wo er sein Zelt aufschlagen durfte, unter dem Eßzimmertisch. Ich sagte damals: Bernd, da geh ich aber nicht mit hinein. Doch, sagte er, du mußt! Das ist eine Expedition. Da drinnen sind wir auf dem Nanga Parbat, und du erfrierst, wenn du draußen bleibst.
Gut, sage ich –
aber was dann kommt, kann ich dir nur erzählen,
wenn du ein Mädchen bist.
Bist du nicht, wie?
Sie läuft zur Tür, versucht sie zu öffnen; das Zelt langsam hinter ihr her.
Laß mich in Ruhe! Geh weg!
Du gehörst ja in die Wehrmacht, du!
Hau ab!
Sie tritt gegen das Zelt, es weicht zurück. Lotte kniet auf dem Boden, betastet den Leib im Zelt.
Kriegst doch gar keine Luft dadrin …
Na, du bist ja gar nicht mehr so klein.
So klein bist du ja gar nicht mehr.

Die Tür wird geöffnet. Inge, die Frau im hochgeschlossenen Kleid, erscheint.

INGE Sie können einziehen, wann Sie wollen.
Der Alte ist gestern gestorben.

LOTTE Wer?

INGE Der Alte parterre, der nie wußte, ob er grüßen soll.
Ich glaube, der wollte hier nichts, als bloß seinen letzten Dreck bei uns liegen lassen. Der ist bloß eingezogen, um uns seinen letzten Dreck ins Zimmer zu pflanzen.

LOTTE Sie reden über einen Toten!

INGE Ein alter Stinker bleibt ein alter Stinker.
Den macht der Tod nicht interessanter.
Kommen Sie. Ich zeige Ihnen das Zimmer.
Ich heiße Inge.

LOTTE Inge ... sagen Sie mir: wer steckt da im Zelt?

INGE Im Zelt wohnt die Tochter von Clarissa.

LOTTE Ein Mädchen!

INGE Clarissa ist mit Jürgen Scheuer nach Holland.
Hat sich abgesetzt, pffft ...
Das Kind läßt sie hier, weil sie natürlich weiß, wir kümmern uns drum.
Aber die verkriecht sich. Die ist unwahrscheinlich traurig.

LOTTE *will zum Zelt gehen.* Die Kleine!

INGE Nicht. Laß sie.
Klein ist die nicht.
Mit siebzehn ist sie ja nicht mehr so klein.
Im Rausgehen. Jetzt hat sie sich einen dicken Kummerspeck angefressen und traut sich schon deshalb nicht mehr raus aus dem Bau ...

Dunkel

10

Das Zimmer mit dem verschmutzten Gummimantel auf dem Boden. Die Tür steht weit offen. Lotte (mit Mantel, Portable und Zeichenmappe) und Inge kommen herein.

INGE So. Sie haben das Fenster zur Straße.
Im Sommer wächst die Hecke zu.
Zufrieden?
LOTTE Danke.
Inge nimmt den Gummimantel, schleift ihn hinter sich her. Sie geht hinaus, schließt die Tür. Lotte öffnet das Fenster, sieht hinaus. Sie setzt sich auf den Boden, den Rücken an die Wand gelehnt. Rechts neben ihr läuft der Fernsehapparat ohne Ton. Nach einer Weile öffnet sich die Tür. Die dicke Frau, die sich Morphium spritzte, kommt herein, bleibt an der Wand stehen.

LOTTE Was ist?
DICKE FRAU Angst vorm Sonntag.
LOTTE Setzen Sie sich.
Die dicke Frau läßt sich mit einem Stöhnen neben Lotte nieder. Sie beginnt zu zittern. Lotte nimmt sie in den Arm. In der Ferne hört man ein Tennisspiel.
LOTTE Hören Sie?
Tennis!
Plopp. Plopp. Plopp. Plopp. Ruhige Partie. Klasse!
Können Sie Tennis?
DICKE FRAU Es ist zum sich im Spülstein ertränken.
In die Tür tritt zögernd der Gitarrenspieler mit seinem Instrument. Er grüßt linkisch.
LOTTE Ja. Herein!
Würden Sie bitte das Fenster schließen?
GITARRENSPIELER *tut es.* Du brauchst nicht Sie zu mir sagen.
LOTTE Ich wohne jetzt hier.

Und du spielst wohl den ganzen Tag auf der Gitarre, wie?

GITARRENSPIELER Nein. Ich gehe jeden Morgen ins Institut. Stört es dich ...?

LOTTE Nein.

Was machst du im Institut?

GITARRENSPIELER Ich bin Kristallograph.

LOTTE Kristallograph? Na!

GITARRENSPIELER Kristallograph, ja. Klar. Physiker.

LOTTE Erklär mal.

GITARRENSPIELER Grobgesprochen, wir bestimmen den atomaren Aufbau von Festkörpern, wir machen die feinsten Messungen, weißt du.

LOTTE Ah!

GITARRENSPIELER Also Mineralien und auch künstliche Kristalle, die untersuchen wir unter den verschiedenen Druck- und Temperaturverhältnissen.

LOTTE Ein Beispiel!

GITARRENSPIELER *zieht sich zurück.* Der Laie kommt heute am ehesten mit der Kristallphysik in Berührung, wenn er sich mal klarmacht, wie zum Beispiel seine Quarzuhr funktioniert.

LOTTE Gehst du schon wieder?

GITARRENSPIELER Ja. Muß.

LOTTE Komm wieder!

Er geht hinaus.

DICKE FRAU *steht auf.* Ich muß auch.

Verpasserkanone wie ich eine.

Bin ich irgendwo auf Besuch, verpasse ich garantiert Besuch bei mir nebenan. Ich hab schon 'ne Menge verpaßt.

Sie geht hinaus. Lotte allein. Sie rückt sich den Fernseher zurecht, beginnt mit einem Bleistift, der an der Mappe befestigt ist, zu zeichnen. Sie zeichnet etwas vom Fernsehschirm ab. Von oben, aus seinem Zimmer, hört man den Gitarrenspieler.

Nach einer Weile.

Wie?
LOTTE *zum Portable.* Soll ich gehen?
Soll ich gehen?
Sie legt die Mappe ab, verläßt das Zimmer.

Dunkel

11

Das Zimmer, fast im Dunkeln. In der linken Ecke liegen Inge, die Frau im hochgeschlossenen Kleid, und Paul, der Alte, in einer Umarmung nebeneinander. Es klopft. Lotte tritt ein.

LOTTE Ich kann nicht schlafen.
INGE Jetzt nicht, Lotte.
Ein andermal. Später.
Es ist jemand bei mir.
Lotte weicht zurück, schließt die Tür.

Dunkel

12

Das Zimmer. Der Gitarrenspieler bei der Assistentin und dem Assistenten.

ASSISTENTIN So, Jürgen, das war es also. Das war also alles. Die Kindeskinder. Beiträge zur Sozialgeschichte der Enkelgeneration in oberdeutschen Kaufmannsgeschlechtern des 14. Jahrhunderts. Quellenlage. Forschungsstand. Dokumente. Herausgegeben von Jürgen Binder unter Mitarbeit von Gudrun Lebede... Das war also alles, drei Jahre lang! Was war es eigentlich, weißt du noch? Köln und Opladen 1976. Ca. 250 Seiten. 30 Faksimiles. Broschiert 44 Mark 80. Aber das war doch unser Ein und Alles in den letzten drei Jahren, oder?

Gott zum Teufel, was haben wir bloß gemacht!?

ASSISTENT So. Ja. Es läßt sich kein furchtbarer – kein furchtbarerer Gedanke denken. Das war er.

Nach einer Weile.

GITARRENSPIELER Die Nasa hat uns seinerzeit einen kleinen Packen Mondgestein geschickt, und wir haben uns darüber hergemacht wie die Piraten über den Schatz von Käpt'n Flint. Aber nichts da. Nichts Neues. Keine Spur. Die alte Optik, die alten Strukturen, alles bekannt im Mondgestein. Anfangs aber diese Gier, diese fliegenden Hände ...! Ihr wart ja nicht dabei, ihr wißt nicht, wie es war.

ASSISTENTIN Warum haben wir das Buch gemacht, warum?

ASSISTENT Das Buch sollte gemacht werden. Da haben wir das Buch gemacht.

ASSISTENTIN Du, ich finde dich sowas von bekloppt! Warum haben wir beide ein Buch zusammen gemacht: ich frage dich!

ASSISTENT Gudrun, das ist doch keine vernünftige Frage.

ASSISTENTIN Ja, merkst du denn überhaupt nicht, was zwischen uns los ist?!

ASSISTENT Und du meinst, das liegt am Buch?

ASSISTENTIN Ach, Buch, Scheiß Buch.
Das Buch bedeutet überhaupt nichts.
Das ist es ja gerade, daß man das Gefühl hat, das Buch haben zwei Leute gemacht, Mann und Frau, zwei Leute, die auch zusammen passen!

ASSISTENT Ich glaube, ich sehe das etwas anders.

ASSISTENTIN Wie? – Wie? – Wie?!

ASSISTENT Ich glaube, wir stehen erst ganz am Anfang einer langen, gemeinsamen Arbeit, eine lange wissenschaftliche Reise, die sich vielleicht über Jahrzehnte erstreckt.
Gegenwärtig, in einer etwas kritischeren Phase –

Assistentin Und wie soll diese Liebe wohl aussehen, hm?!

Assistent Gudrun – *Er verstummt.*

Assistentin *nickt, als wisse sie Bescheid.* Hmhm ... Hmhm. *Schweigen.*

Gitarrenspieler Braucht ihr mich noch?

Assistentin Sören, bitte, bleib.
Spiel was. Warum spielst du nicht längst etwas?
Der Gitarrenspieler spielt. Alle drei singen augenblicklich gemeinsam ein, zwei Strophen Countrymusic. Mittendrin bricht das Mädchen aus und wendet sich wieder dem Streit zu.

Assistentin Eins will ich dir sagen, Jürgen: du bist und bleibst das Mustersöhnchen der Familie. Ein Mensch aus Hannover-Vahrenheide. Eine menschliche Einöde. Ein Markenerzeugnis aus der mittleren Mitte der Mittelklasse ...

Assistent Wie einfallsreich.

Assistentin Einfallsreich? Na, du, ich mein, das muß man sich mal vorstellen: du frisierst dich –! Du kämmst dir buchstäblich die Haare, bevor du mit deiner Mutter telefonierst am Samstagnachmittag. Das mußt du dir mal vorstellen! Soweit geht der Schaden.

Assistent Idiotie.

Assistentin Jawohl, tust du. Unbewußt. Unbewußt tust du das.
Du traust dich nicht, ungekämmt, so wie du bist, mit deiner Mutter zu sprechen. Ich schwör's dir! Klar, du weißt davon nichts. Ganz klar. Da liegt ja gerade der Schaden. Unbewußt!

Assistent Jetzt hältst du aber mal die Klappe, ja?!
Nach einer Weile.

Gitarrenspieler Okay? Fertig?

Assistent Warte noch einen Augenblick, Sören.

Gitarrenspieler Die wirklichen Asse in der Physik, die Kerle mit dem großen Durchblick, das sind ganz wenige

Leute, verschwindend wenige, nach wie vor, vielleicht nur so ein kleiner Gefängnishof voll, wo sie ruhelos herumlaufen und gegen die dunklen Mauern des Schweigens der Massen stoßen. Du kannst natürlich auch Pech haben und kriegst einen Institutsleiter vorgesetzt wie wir, einen Japaner, der seit fünfundzwanzig Jahren einsam in die falsche Richtung forscht. Und wir alle im Institut müssen mit ihm, unter seiner Fuchtel, mit in die falsche Richtung, während neunzig Prozent seiner Kollegen die Theorie des Japaners ablehnen und ihm oft genug bewiesen haben, daß er in die falsche Richtung forscht und sich, seit Jahrzehnten, im Irrtum um und um wälzt ...
Das Yakische Überstrukturmodell ... auch so ein verlassener Brennpunkt der Weltgeschichte.

ASSISTENTIN Du, Sören, was du tust, das ist halt ein Job!
Nur ein Job! Aber ich, ich bin eine ganze Existenz! ... Ich bin der 24-Stunden-Kopf ... Ich bin das Buch ... Ich bin unser Ein und Alles ... Ich bin Jürgen und ich!
Sie wird ruhiger.
Ich möchte bloß wissen, warum ihr dauernd so schmunzeln müßt? Ich möchte wissen, aus welchem kühlen Grunde, ihr Arschlöcher ...
Sie steht an die Wand gelehnt, atmet erschöpft.

ASSISTENT Wenn du dich jetzt ein bißchen hinlegen möchtest ...
Weil wir dann auch bald ins Seminar müssen.
Er gibt ihr die Brille, führt sie zur Tür.

ASSISTENTIN *dreht sich um ins Zimmer.* Es war der Teufel ... diesmal war es der Teufel.
Er kam und ging und kam wieder und ging wieder und kam wieder und ging wieder.

ASSISTENT Ach, normal, ganz normal, mein Herz.
Jeder muß mal aus sich heraus.
Wir haben es gut in den Griff bekommen.

ASSISTENTIN Nein. Der Teufel.

Weißt du denn, was der Teufel überhaupt für ein mächtiger Kerl ist?
Sie gehen alle drei hinaus.

Dunkel

13

Das Zimmer. Lotte allein. Sie lehnt im Türrahmen, geht hinaus auf den Flur. Sie kommt zurück, sieht auf ihre Armbanduhr, blättert in ihrer Zeichenmappe, öffnet das Fenster, schließt es wieder. Sie übt für eine bevorstehende Unterhaltung.

LOTTE Es gibt keinen Grund zu spaßen ...
Sie brauchen über Ihre Verspätung keinen Scherz zu machen ... zu verlieren?
Wir wollen nicht spaßen, nein?
Machen Sie jetzt bloß keinen Scherz!
Soll das ein Witz sein?

Ach, Flötentöne. Er macht keine Witze.
Ich glaube doch, er wird keine Witze machen.

Woher stammen Sie?
Stammen? Iiii.
Wo sind Sie geboren, wenn ich fragen darf?
Nein, andersrum. Er fragt zuerst.
Wo ich geboren bin?
Ich komme vom Rheinland ... aus dem Rheinischen.
Lennep. Und Sie?
Remscheid-Lennep. Und Sie?
Sie spielen die Gitarre und ich zeichne eben gern.
Gefällt es Ihnen?

Es gefällt Ihnen wohl nicht?
Nein: Vielleicht gefällt Ihnen ein Blatt...?
Ich kann stundenlang nichts tun.
Nichtstun will gelernt sein.
Die Freizeit ist das Problem in der Heutzeit...
in unserer Gesellschaft. Das Problem der Stunde ... der Zukunft?
Au, das geht daneben.
Aber ›Nichtstun will gelernt sein‹ merk ich mir.
Sie geht zum Fenster, sieht einen Augenblick hinaus, wendet sich dann mit Allüre um, als stünde jemand vor ihr.
Also ich bin fast gestorben vor ... vor ...
Vor was? Hm?
Vor Angst? Vor ›banger Erwartung‹?
Mumpitz.
Sie dreht sich wieder zum Fenster und gleich wieder zurück.
Nein. Ich lebe in Scheidung.
Also ich bin fast gestorben vor ... vor ...
Scheiße.
Der Gitarrenspieler ist eingetreten, ohne sein Instrument.

GITARRENSPIELER Mit wem redest du?

LOTTE Nur so.
Sie stehen sich gegenüber.
Wie heißt du?

GITARRENSPIELER Sören. Sören wie Kierkegaard.

LOTTE Sie brauchen darüber nicht scherzen.
Du brauchst...

GITARRENSPIELER Du, ich wollte dir nur sagen,
ich glaube, du machst hier manchmal noch so'n paar typische Fehler.

LOTTE Ja?

GITARRENSPIELER Offenbar meinst du, es muß immer jemand für dich da sein, wenn es dir gerade mal nicht besonders gut geht, wenn du nicht schlafen kannst oder so.

LOTTE *nickt den Kopf nach unten; unruhig verständig.* Hm, hm.

GITARRENSPIELER Andererseits bist du selbst ungeheuer schnell auf dem Dreh und kümmerst dich vielleicht ein bißchen zuviel um die anderen.

LOTTE Hm, hm.

GITARRENSPIELER Also zum Beispiel das Zelt im ersten Stock. Da hast du bestimmt einen Fehler gemacht.

LOTTE Hm, hm.

GITARRENSPIELER Weißt du, das Zelt, da kümmert sich jeder von uns drum. Ich meine, es ist wahrscheinlich nicht gut, wenn du mehr tust als die anderen.
Du solltest wahrscheinlich nicht öfter hingehen als die anderen.

LOTTE Hm, hm.

GITARRENSPIELER Im Prinzip kommt hier jedes Zimmer alleine zurecht. Das ist so'ne Art stillschweigende Hausordnung.

LOTTE Klar, du, klar.

GITARRENSPIELER Ich will mal sagen, es gibt natürlich den Fall, wenn irgendwas also überhaupt nicht klappt, daß du dann jemanden um Hilfe rufst.
Nur: nicht soviel Getue. Kein Getue.

LOTTE Nein, nein.

GITARRENSPIELER Verstehst du, ich muß dir das sagen, sonst –

LOTTE Klar, Sören. Gut, daß du's mir gesagt hast.

GITARRENSPIELER Du malst?

LOTTE Zeichne.

Er sieht sich die Mappe an.

GITARRENSPIELER Malst sogar vom Fernsehen ab, was?

LOTTE Du spielst die Gitarre und ich zeichne eben gern.

GITARRENSPIELER Ich wollte dir das nur sagen. Aber sonst – ich find's prima, daß du hier bist.

LOTTE Ja?

Er nickt mehrmals und geht hinaus.

Lotte steht im offenen Fenster. Die Tür öffnet sich einen Spaltbreit. Jemand lauscht.

LOTTE Vier Stock über der Esso-Tankstelle aus ihrer kleinen Wohnung tritt eine Frau mittags im Schlafrock heraus ...
Ein Mann führt sie achtsam bis an das Geländer des Balkons. Mit steifem Hals beugt sie sich vor und will die Tiefe sehen, über der sie wohnt.
Nun hast du es gesehen, sagt der Mann.
Ja.
Hier ist es ungefähr elf Meter tief.
Ja.
Sie drehen sich um und gehen zurück in ihre Wohnung.
Unten in der Wagenwäsche laufen die Musikkassetten. Melodien voller Stolz und voll gebrochenem Stolz.
Am Himmel ist es farbig und hell.
Am Himmel ist heute schon Sommer.
Die Tür öffnet sich. Die alte Frau kommt zum Vorschein.

DIE ALTE Jemand ist ausgezogen.

LOTTE Wer?

DIE ALTE Weiß nicht.
Wollte nur mal sehen, ob – *Sie lauscht.*

LOTTE Ob?

DIE ALTE Pssst!
Wollte mal sehen, bei wem das Zimmer leer ist.
Es fehlt ein bekanntes Geräusch im ganzen Haus.
Ihr Mann ist der Alte von oben, stimmt's?

LOTTE Hm.

DIE ALTE *zieht sich in die halboffene Tür zurück.* So eine junge Frau wie Sie ...
Die Tür zu bis auf einen Spalt.

LOTTE Haben Sie etwas gegen den älteren Mann mit junger Frau?

Die Alte Er lügt.
Lotte Ja. Das tut er.
Die Alte *aus dem Türspalt.* Rosel ...?
Rosel ...?
Lotte Was gibt es?
Die Alte Du kriegst doch allzeit einen besseren Kerl als den Alten von oben, mein Liebchen.
Lotte Flüstern Sie nicht, Frau ...
Kommen Sie herein. Hier ist gutes Licht. Der Fernseher strahlt. Es ist frisch gelüftet. Die Wände stehen still ...
Ich wußte ja, er wird bald lügen und lügen.
Und dann muß ich ihm trauen und trauen.
Paul, Lottes Mann, tritt plötzlich ins Zimmer. Lotte, an der Wand sitzend, wendet den Kopf hin und her.
Lotte Oh nein ... Oh nein ...
Paul Verschwinde, Lotte.
Lotte Ich will nicht.
Paul Steh auf, sage ich. Drück dich nicht auf dem Boden herum.
Lotte *rutscht mit dem Rücken die Wand hoch.* Ja ... Muß ja immer stehen.
Paul Du verschwindest!
Was erlaubst du dir?
Einziehen hier – oben steht meine Arbeit still.
Ich schaff es nicht, ich komme nicht vorwärts.
Lotte Ich will dir helfen ...
Paul Kein Wort!
Lotte Ich –
Paul Kein Wort!
Pause.
Lotte Ich muß es einfach loswerden –
Paul Hältst du den Mund, du!
Lotte *fast schreiend.* Soll ich dir nicht die Zeitungen wieder ausschneiden?!
Paul Du gehst!

Lotte nimmt Zeichenmappe und Portable in beide Hände, steht mit dem Rücken gegen die Wand.
Zeitungen ausschneiden, ja!
Damit's ein Fehlschlag wird, Unglücksbraut!
Bringst mir wieder deine Zeitungsausschnitte,
sagst in deinem Deutsch: ›Wär das nicht etwas für eine kleine Geschichte?‹
So? Ja? Ich hör's noch, Krankenschwester.
Dein Deutsch – Gift für meine Ohren.
Der Publizist, denkst du, das ist einer, der arbeitet mehr so auf Zuruf, ja?, wie der Gedächtniskünstler im Varieté. Sagt einer ›Seilbahnabsturz‹, schwupp's, schreib ich die rührende Skizze. Sagt einer ›Kaufkraftschwund‹, schwuppdiwupp!
In den siebziger Jahren finde sich einer zurecht.

LOTTE Du bist ein so weicher Mensch, soviel weicher, als du glaubst . . .

PAUL Schreib mal diese heutigen Betrachtungen!
›Immer teurere Spielzeuge werden für immer weniger Kinder hergestellt. Hier macht sich der Pillenknick deutlich bemerkbar . . .‹ Schreib das mal!

LOTTE Ich könnte dir helfen. Die kleinen Blätter nehmen auch mal deine Humoresken gern.
Die Alte erscheint in der halboffenen Tür.

DIE ALTE Wir geben einen Lichtbildervortrag.
Kommen Sie bitte pünktlich.
Sie bleibt in der Tür stehen.

LOTTE Oh, wie ich mich erinnern muß!
Bitte, Paul, weitermachen, zusammenbleiben.
Sonst sterb ich an zuviel Gedächtnis!

PAUL Keinen Ton mehr.
Quälgeist . . .
Schluß mit dem Mundwerk.
Ich habe dir beigebracht, wie man anständig deutsch spricht.

Gibt ihr einen Klaps auf den Hinterkopf.
Glaub nur nicht, daß ich mich geniere vor den anderen Leuten.
Er hebt die Kostümjacke auf, die ihr heruntergerutscht ist.
Willst du nicht dein Jäckchen anziehen?
Er legt es ihr über die Schultern. Die Alte kommt herbei und pflückt und säubert ebenfalls an Lotte herum.

DIE ALTE Na nun ... na nun ... so kannst du aber nicht herumlaufen, nicht gar so liederlich. Zippelfransen aus dem Gesicht!
Zu Paul. Ist aber doch kein schlechtes Ding, nein?

PAUL *streicht Lotte die Haare aus der Stirn.* Nein. Natürlich nicht. Ist kein schlechtes Ding. Nur manchmal mit dem Mundwerk ein bißchen vornean, gelt?
Paul führt Lotte zur Tür. Die Alte nimmt Lottes Regenmantel, geht hinterher.

LOTTE Noch eins: vergiß mich nicht!

Dunkel

15

Das Zimmer. Bei Inge, der Frau im hochgeschlossenen Kleid. Paul steht ihr gegenüber, hält locker ihre Hand. Lotte im Mantel, mit Zeichenmappe und Portable die Tür aufstoßend, kommt herein. Sie sieht die beiden, bleibt stehen. Paul geht ans Fenster, blickt hinaus.

LOTTE Ich wollte dir nur eben Adieu sagen.
Ich ... ich muß hier weg.

INGE Ja.
Weißt du schon wohin?
Wohin du gehst?
Lotte sieht Inge lange an, schüttelt langsam den Kopf. Sie reicht Inge den Fernsehapparat.

LOTTE Nimmst du den?
INGE Ja, nehme ich, danke, du, danke.
Nehme ich gern.
LOTTE Kann ihn ja nicht überall mit herumschleppen.
INGE Nein, brauchst du auch nicht.
Ich verwahr ihn dir.
Fährst nicht mit dem Wagen, wie?
LOTTE Du kannst ihn behalten.
INGE Ja?
Na gut, behalt ich ihn eben.
Sie stellt das Gerät ab, es läuft die ganze Zeit ohne Ton.
Der ist ja noch ganz prima. Sieht man ja was.
Fährst nicht mit dem Wagen, wie?
LOTTE Hab ja keinen. Kann aber autofahren. Hab aber keins.
Sie blickt zu Paul am Fenster.
Was macht er?
Paul!
INGE Nicht. Laß ihn.
Er kann nicht arbeiten, kommt nicht vorwärts.
Paul geht langsam, unter den Blicken beider Frauen, aus dem Zimmer.
LOTTE So. Arbeitet nicht. Hm.
Ja, weißt du auch, warum?
Deshalb gehe ich nämlich. Die Klügere gibt nach.
Und weißt du auch warum?
Paul und ich, das ist einfach zu stark für ihn,
etwas zu Einmaliges, zu unvergeßlich –
da kann er sich leider auf gar nichts anderes konzentrieren,
wo ich in der Nähe bin, ja!
Inge zieht plötzlich, seltsam aufgebracht, den Reißverschluß ihres Kleides vom Kinn bis an den Nabel herunter und öffnet es weit. Sie zeigt ein T-shirt mit einem großen, auf den Stoff abgezogenen Porträtfoto von Paul.
LOTTE Na ja.

Mach wieder zu, Inge.
Ich muß gehen. Leb wohl.
INGE Ich bring dich noch an die Haustür.

Dunkel

16

Das Zimmer im Halbdunkel. Das alte Ehepaar. Ein Bildwerfer strahlt weißes Licht auf einen Projektionsschirm an der Rückwand. Acht Stühle. Auf einem sitzt ein Mann.

DER ALTE Niemand kommt.
Hast du allen Bescheid gesagt?
DIE ALTE Allen Bescheid gesagt.
Außer dem Zelt.
Das Zelt kommt ja sowieso nicht.
DER ALTE Das Zelt braucht gar nicht erst wissen, daß hier etwas los ist.
DIE ALTE Nur der Türke ist schon da.
DER ALTE Ich möchte anfangen.
Ich bin neugierig.
DIE ALTE Und einer ist ausgezogen.
DER ALTE Ja. Ich weiß. Der Publizist.
DIE ALTE Nein! Woher? Der doch nicht.
Ein Stock tiefer. Der nie zu uns kam.
Der Publizist wird gerade ausziehen!
DER ALTE Und die Kleine von nebenan?
DIE ALTE Welche Kleine?
DER ALTE Na, die Kleine von nebenan.
DIE ALTE Weiß nicht.
DER ALTE Kommt sie?
DIE ALTE Kommt, ja.
Pause
Nein, Vater. Die kommt nicht mehr.

DER ALTE Ist mir egal.
Wenn keiner kommt, zeigen wir halt dem Türken die Bilder.
Ich fange jetzt an.
Er läuft zur Tür, ruft ins Treppenhaus.
Wir fangen an!
Los, erstes Bild!

Es folgt nun eine Serie von Dias, auf denen zu sehen ist, was der alte Mann und seine Frau in ihrem wie gewöhnlich leeren und hellen Zimmer tun und wie sie ihren Tag verbringen. Die beiden stehen rechts und links neben dem Projektor und sprechen zu den Fotos einen vorbereiteten Text. Nach und nach kommen die Bewohner der zehn Zimmer – der Gitarrenspieler, die wissenschaftliche Assistentin und ihr Freund, die dicke Frau, Inge und Paul. Sie setzen sich auf die Stühle, einer bleibt leer. Es dauert nicht lange und jemand steht auf, geht wieder, kommt später zurück, lehnt sich an eine Wand usw., so daß immer eine leichte Bewegung unter den Leuten ist.
Das 1. Foto zeigt den Alten, der seine Frau an sich drückt und ihr eine Hand auf den Scheitel legt ...
DER ALTE Guten Morgen.
DIE ALTE Guten Morgen.
2. Foto: beide in einiger Entfernung. Frau hält den Kopf gesenkt, Mann die linke Hand offen darbietend.
DER ALTE Komm her.
3. Foto: beide zusammen; halbnah; Mann zeigt in die Kamera.
DER ALTE Erinnerst du dich?
4. Foto: Mann hat den Arm um die Schulter der Frau gelegt, sieht sie an.
DER ALTE Erinnerst du dich?
Unsere berühmten Zeitgenossen.
Carraciola?

DIE ALTE Oh ja, Carraciola.

5. Foto: beide nah, derselbe Blick.

DER ALTE Maria Meneghini-Callas.

DIE ALTE Oh ja, die Callas.

DER ALTE Rudolf Steiner.

DIE ALTE Oh ja, der Doktor Steiner.

6. und 7. Foto: ähnlich wie 5.

DER ALTE Hanussen.

DIE ALTE Oh ja, Hanussen.

8. Foto: ähnlich den vorigen.

DER ALTE Emmeline Pankhurst.

DIE ALTE *schweigt.*

DER ALTE Emmeline Pankhurst!

DIE ALTE Oh ja …

9. Foto: beide knien vor einer großen Einkaufstasche und stellen die eingekauften Waren um sich herum.

DER ALTE Wir haben eingekauft am Morgen.

DIE ALTE Wir können einkaufen, wo wir wollen –
überall bekommen wir Treuerabatt.

GITARRENSPIELER Wer hat diese Fotos von euch gemacht?

DER ALTE Der zeigt sich noch! Der zeigt sich noch!

10. Foto: halbnah: Mann läßt einen Strahl Öl aus einer Liviobüchse in seinen Mund laufen.

DER ALTE Oh du mein liebes Öl,
ave sanctum oleum!

11. Foto: beide. Frau öffnet eine Tüte Würfelzucker.

DIE ALTE Weitgereister Zucker!
Sei mir willkommen! Laß dich anschaun!

DICKE FRAU Gute Fotos. Lebendig.

12. Foto: Mann, der sich mit Öl das Gesicht wäscht.

DER ALTE Öl, wasche mich rein und bringe mir Frieden.
Erbarme dich meiner.

13. Foto: Mann, der der Frau eine Packung mit bunten Trinkhalmen übergibt.

DER ALTE Man muß die Dinge besser achten.

Man muß sich die Dinge geneigt machen.
Die Dinge werden uns überleben.
Mit so vielen Trinkhalmen reichen wir bis weit über Ultimo.

14. Foto: Mann läßt Reis durch seine Hand zurück in die Tüte rinnen.

DER ALTE Reis.

15. Foto: Frau nimmt eine Scheibe Vollkornbrot aus der Packung.

DIE ALTE Brot.

16. Foto: Mann zeigt einen Apfel.

DER ALTE Apfel.
Hier siehst du ein Ding, das es weit gebracht hat.
Es ist ein Symbol. Fast schon mehr Symbol als Ding.

17. bis 19. Foto: Mann und Frau packen die Waren wieder in die Tasche. Einmal sehen sie beide schüchtern zur Kamera hoch, als würden sie von dorther angerufen.

DIE ALTE Wie lange habe ich mich nicht mehr satt gegessen!

DER ALTE Du sollst dich auch gar nicht satt essen.

DIE ALTE Gestern zum Beispiel: zwei kleine Scheiben Vollkornbrot, zwei Mandarinen, ein Joghurt und des Abends ein Teller Kaiserschmarrn. Und das auf der schmalen Grundlage von vorgestern –

DER ALTE Pssst!

DIE ALTE ... zwei Scheiben Vollkornbrot, ein Apfel, ein Hasenfilet ohne Beilage ...

DER ALTE Hörst du nicht?
Der Herr spricht ...
Rede ihm doch nicht dauernd dazwischen!

DIE ALTE Ja, ja. Er spricht.
Jedes Jahr fällt es mir schwerer, an ihn zu glauben.

DER ALTE Still!

DIE ALTE Hab sowieso den Faden verloren.

20. Foto: Christusgestalt im Vordergrund, Rückenansicht. Blutende Wunde zwischen den Schulterblättern. Dornen-

krone, die segnende Rechte. Mann und Frau kniend, gesenkte Gesichter.

ASSISTENTIN Wer ist das?

DER TÜRKE Bin ich, bin ich!
Habe wir Selbsauslöse gemakt.

DER ALTE Herr, im Grunde von allem, was wir tun,
herrscht dein Schlummer...

DIE ALTE Herr, im Grunde von allem, was wir tun und sagen,
herrscht es und wacht es, dein geschlossenes Auge.

DER TÜRKE Habe ich gut gespielt.
Also wirklich, sag ma, gut gespielt.

21. Foto: Mann und Frau im halben Profil am Fenster.

DIE ALTE *summt ein Lied.*

DER ALTE Wer singt da in unserem Haus und hat doch dem Herrn keine Freude bereitet?

22. Foto: Frau blickt zu Boden, Mann macht ihr einen Vorwurf.

DER ALTE Geht bei Rot über die Straße!
Hast dich noch bekreuzigt und bist bei Rot über die Straße.
Das war nicht recht heut morgen, Muttchen.

DIE ALTE Nein.
Auf der anderen Seite stand eine Frau unter den Leuten,
die machte mir heimlich Zeichen.

DER ALTE Hast du dir eingebildet.

DIE ALTE Ja, aber ganz deutlich.

23. Foto: Mann und Frau an der Rückwand des Zimmers. Sie sieht seitwärts zu ihm auf.

DIE ALTE Und was ich momentan auch gar nicht weiß:
hatte Jesus eigentlich Geschwister oder –
und wenn ja, was ist aus ihnen geworden?

DER ALTE *rezitiert.* Ist er nicht der Zimmermann, Marias Sohn, und der Bruder des Jakobus und Joses und Judas und Simon?
Sind nicht auch seine Schwestern allhier bei uns?

DIE ALTE Ach so.

DER ALTE Das kommt, weil du mal katholisch warst.
Die Katholen glauben nicht an die Geschwister Jesu.

24. Foto: Beide blicken vor sich hin.

25. Foto: Frau blickt wieder seitwärts zum Mann auf.

26. Foto: Frau steht an der Wand, Mann geht vor ihr von links nach rechts.

DIE ALTE Und wann bin ich eigentlich evangelisch geworden?
Neunzehnhundertundwann?
Fragen über Fragen.

GITARRENSPIELER Wo ist denn die Lotte?

Er geht hinaus, kommt später zurück.

27. Foto: Mann wird von der Frau im Nacken massiert.

DER ALTE Wie gut, daß wir zu zweit sind.

28. Foto: Das lachende Gesicht der Frau.

DER ALTE Warum lachst du!
Lach mal nicht so.

29. Foto: Beide. Frau lacht, Mann mit Rücken zur Kamera, sieht sich über die linke Schulter zur Kamera um.

DIE ALTE Dir ist etwas Unanständiges passiert.

DER ALTE Ach was. Alberne Gans.

30. Foto: Beide lehnen im offenen Fenster.

DER ALTE Nochmal möchte ich heute nicht aus dem Haus.

31. Foto: Frau greift in die Haare am Hinterkopf des Mannes.

DIE ALTE Morgen gehst du zum Frisör.

DER ALTE Ich denke nicht daran.

DIE ALTE Du hast es bitter nötig.
Der Publizist trägt die Haare auch ganz kurz.

DER ALTE Der ist für mich kein Maßstab.

DIE ALTE So laufe ich nicht länger mit dir rum.

32. Foto: Frau an der Tür, will unbemerkt rausgehen. Mann noch im Fenster.

DER ALTE Wohin?

Die Alte Ich guck mal, was die Kleine macht.

Der Alte Du bleibst bitte hier.

33. Foto: Frau kehrt von der Tür zurück. Mann, Hände auf dem Rücken, kommt ihr entgegen.

Die Alte Na gut. Bleibe ich eben hier.

34. Foto: Frau starrt entsetzt in die Kamera. Mann steht seitlich neben ihr, versucht sie an den Schultern umzudrehen.

Der Alte Sieh nicht dorthin!

35. Foto: Mann und Frau gehen nebeneinander die Längsseite des Zimmers entlang.

Die Alte Ich möchte die Straßenschuhe ausziehen.

36. Foto: Mann kniet und zieht ihr die Schuhe aus.

37. Foto: Mann kniet, zeigt in der flach ausgestreckten Hand eine Münze.

Der Alte Du bist die ganze Zeit auf fünfzig Pfennigen herumgelaufen!

Die Alte Das bringt Glück.
Das bringt nun wirklich Glück!

38. Foto: Mann und Frau, Hände auf dem Rücken, lehnen an der Rückwand. Mitten im Zimmer die umgekippten Schuhe.

Die Alte Du redest wohl nicht mehr mit mir, wie?

Der Alte Unsinn.

Dicke Frau Schöne Fotos. Lebendig.

Dunkel

Groß und klein

Lotte
Meggy
Der Türke
Seine Frau
Ein junger Mann
Der Junge
Das Mädchen
Hausbewohner

Vor der Glastür eines Mietshauses. Eine Sprechanlage über der Klingeltabelle. Lotte im Regenmantel mit der Zeichenmappe unter dem Arm.

LOTTE *sucht nach einem Namen auf der Klingeltabelle.*
Niedschläger ...
Steht gar nicht drauf. Muß aber draufstehen.
Virchowstraße 85. Stimmt.
Tillmann, Karnap, Kutnewski, von Roel ..
Von Roel! ... Könnte sein, von Roel.
Der Sohn vom Kinopächter. Umstrittenes Kind.
Niedschläger wird von Roel durch späte Heirat erster Liebe.
Die hat ja für nur einmal Quo vadis umsonst Zungenkuß gemacht mit dem und der hatte weißgott einen wäßrigen Mund ...
Victor Mature hat auch einen wäßrigen Mund! ... Ach, Meggy,
du kannst mir viel erzählen ...
Sie drückt einen Klingelknopf. Ein Knacken im Lautsprecher der Sprechanlage.

LOTTE *spricht in die Anlage.* Ja, hier die Lotte-Kotte aus Lennep ...
Keine Antwort. Erneutes Knacken in der Anlage.
Hallo?
Irrtum.
Irrtum sagte der Igel und sprang von der Kleiderbürste.
Sie drückt einen anderen Klingelknopf.

ANLAGE *männliche Stimme.* Wer spricht?

LOTTE Lotte.

ANLAGE *freudig.* Lotti?!

LOTTE Nein. Lotte.

ANLAGE Lotti? Ja, gibt's dich noch?

LOTTE Nein, nein. Ich bin jemand anderes.

Sie verwechseln mich. Ich suche die Mechthild Niedschläger ...

ANLAGE Ach ...

Knacken in der Anlage. Lotte drückt einen anderen Klingelknopf. Niemand antwortet. Sie drückt den nächsten ...

ANLAGE *Stimme einer alten Frau.* Ja?

LOTTE Entschuldigen Sie bitte,
ich suche ein Fräulein Niedschläger –

ANLAGE Nein.

LOTTE Oder Frau –, Frau!

ANLAGE Nein.
Wie heißt die?

LOTTE Ich weiß nicht genau, es könnte sein –
falls inzwischen verheiratet.

ANLAGE Wissen Sie, mein Mann und ich, wir kommen von drüben.
Wir kennen hier praktisch kaum jemanden.
Unsere Tochter ist Amtsgerichtsrätin,
aber sie ist leider gerade nicht da.
Fragen Sie mal bei Hein.
Die wissen allgemein gut Bescheid.

LOTTE Danke ... Hein, danke.

Sie sucht den Namen und drückt die Klingel.

ANLAGE *Frauenstimme.* Bitte!

LOTTE Frau Hein?

ANLAGE Ja. Welche?

LOTTE Bitte entschuldigen Sie die Störung –
kennen Sie Niedschläger, Meggy? Mechthild.

ANLAGE *die Frau ruft in die Wohnung nach ihrer Schwester.*
Gunilla!
Zu Lotte. Warten Sie.

LOTTE Danke.

ANLAGE *andere Frauenstimme.* Ja?

LOTTE Bitte ... hier muß eine Frau wohnen im Haus mit dem Mädchennamen Niedschläger.

Aber es scheint, vielleicht hat sie plötzlich doch geheiratet und ich kann sie nicht finden. Weiß aber, daß sie hier wohnt, durch Brief des Vaters!
Sie hält das Ohr an die Anlage.
Man sagte mir bei Brauns, Sie wüßten gut Bescheid.

ANLAGE Einen kleinen Augenblick, bitte.
Sie ruft in die Wohnung. Lore! Lore!
Nach einer Weile.
Haben wir richtig verstanden: Tannsieder, ja?

LOTTE Nied-schläger. Nied wie niedlich.

ANLAGE Oh, das ist ein ganz anderer Name.
Warten Sie bitte.
Nach einer Weile die Stimme der ersten Frau.
Hören Sie?

LOTTE Ja...

ANLAGE Wir wissen es nicht.
Wir wissen es beim besten Willen nicht.
Wenn wir auch fast alle Frauen im Haus gut kennen, so kennen wir doch die allerwenigsten bei ihren Mädchennamen.
Glauben Sie uns!

LOTTE Ja. Ich danke Ihnen. Vielen Dank.
Ich versuche es auf gut Glück.
Sie drückt einen Klingelknopf, liest den zugehörigen Namen.

ANLAGE *aufgeräumte Männerstimme.* Jabitte?

LOTTE Herr Schröder?

ANLAGE Hmm.

LOTTE Entschuldigen Sie die Störung...
Ich bin Lotti, äh, Lotte –

ANLAGE Macht nichts, macht nichts.

LOTTE Wissen Sie zufällig etwas von einer geborenen Niedschläger in diesem Haus?

ANLAGE Na, wo brennt's denn, Mädchen?
Wollen Sie nicht einen Sprung raufkommen?

Der Türöffner surrt mehrmals. Lotte öffnet zögernd die Tür. Sie tritt ein, kommt aber gleich wieder heraus. Die Tür fällt hinter ihr zu. Sie drückt auf einen anderen Klingelknopf.

ANLAGE *Stimme eines kleinen Mädchens.* Wer ist da?

LOTTE *schreit.* Meggy!

Pause.

Meggy?

ANLAGE Wen möchten Sie sprechen?

LOTTE Bist du nicht die Meggy?

ANLAGE Nö. *Kichern.*

Lotte wartet mit dem Rücken an die Tür gelehnt.

ANLAGE *Stimme des aufgeräumten Mannes.* Hallo, Lotte!

LOTTE *geht zur Anlage.* Ja?

ANLAGE Nun kommen Sie doch rauf!

Beißt Sie ja keiner. Mein Puma hat eben sein Schappi gefressen.

Der Türöffner surrt.

LOTTE Sie waren ... wer waren Sie gleich?

ANLAGE Schröder.

LOTTE Ach, Herr Schröder.

Nein, Herr Schröder.

ANLAGE Jetzt seien Sie aber mal kein Frosch, Mädchen.

Mehrmaliges Surren des Türöffners.

LOTTE *drückt mit ausgestrecktem Zeigefinger auf einen Klingelknopf.* Nein!

ANLAGE *träge Stimme einer Frau.* Ja?

LOTTE *müde.* Guten Abend. Entschuldigen Sie die Störung.

Ich suche Niedschläger, Frau, jetzt aber
eventuell nicht mehr Niedschläger ...

ANLAGE Ja.

Und?

LOTTE Und ... und ...

Wohnt in Numero 85, aber wo?

ANLAGE Ja, ja.

Ich bin das.

LOTTE *freudig.* Meggy! Meggy!

Na, Meggy, also weißt du – da heißt du jetzt glücklich ... wie?

Sie sieht auf die Klingeltabelle.

Also was? ... Wittich. Wittich!

ANLAGE Wer sind Sie?

LOTTE Ich bin die Lotte-Kotte ...

Sie schweigt, horcht, keine Antwort. Sie spricht im rheinischen Dialekt.

Dä Griffelklau ... dat Düftgen ... die hätt dat Dingens folle laasse in uns 200-Meter-Staffel ... die Jute!

Die Gute, die Gute!

ANLAGE Ah – ja.

LOTTE Oh Meggy ...

ANLAGE Die Lotte-Kotte.

LOTTE Na klar! Wie geht's, wie geht's?

ANLAGE *eintönig träge.* Es geht so.

Bist du auf Besuch hier?

LOTTE Ja. Nein. Ich kam gerade durch Essen und ich dachte, sieh mal nach, wie's der Meggy so geht.

ANLAGE Hm.

LOTTE Also, komm ich eben mal rauf, ja?

ANLAGE Mir geht's nicht besonders.

LOTTE Bist du krank?

ANLAGE Weiß auch nicht.

LOTTE Nur auf ein Wörtchen, auf ein Wörtchen nur.

ANLAGE Ich weiß nicht ...

LOTTE Was gibt es nicht alles zu erzählen!

Meggy! Überleg doch mal!

ANLAGE Erzählen ... hm.

Viel?

LOTTE Na klar, du. Was nicht alles.

Ein älteres Ehepaar kommt. Lotte grüßt freundlich. Der Mann schließt die Tür auf, beide verschwinden im Haus.

ANLAGE Lotte-Kotte?
LOTTE Ja.
ANLAGE Was ist da unten los?
LOTTE Nichts. Leute gingen ins Haus.
ANLAGE Ausländer?
LOTTE Nein, Deutsche, glaube ich.
ANLAGE Sag mal genau.
LOTTE Zwei ältere Leute, so mittelgroß,
Mann und Frau im durchsichtigen Regencape.
ANLAGE Regencape alle beide? Okay, okay.
LOTTE Ich dachte, die kennst du doch und sag Guten Abend.
Die sahen mal wieder genauso aus wie Leute, die ich kenne.
Ich bin so hundemüde, ich seh schon überall Bekannte.
ANLAGE Wenn du müde bist,
mußt du dich erst einmal ausschlafen.
LOTTE Na, weißt du! Ich dachte, du freust dich,
wir erzählen uns was, du freust dich.
ANLAGE Erzählen, erzählen.
Und hinterher?
Hinterher schläfst du mir ein hier oben, was?
LOTTE Meggy, hör zu!
ANLAGE Ich krieg kein Auge zu,
wenn wer schläft in meinen Zimmern.
LOTTE Meggy, hör mal: dann eben nicht!
ANLAGE Wittich schläft auch nicht mehr hier.
LOTTE Dann eben nicht.
Tschüss, tschüss.
ANLAGE Nein. Warte.
Pause.
Komm rauf.
Der Türöffner surrt. Lotte verschwindet im Haus. Kurz danach tritt ein junger Mann aus der Tür in festlicher Knappenuniform, mit einer Klarinette in der Hand. Er geht eilig nach rechts in den Bühnenhintergrund. Nach einer Weile kommt von links ein Junge mit seiner Freun-

din. Das Mädchen folgt ihm in einiger Entfernung, es kann vor Blasenschmerzen nur langsam gehen.

MÄDCHEN Au ... Auatsch.

Der Junge bleibt stehen, dreht sich um. Das Mädchen bleibt stehen.

JUNGE Wat is? Solln we wieder na Hause?
Dat mit der Blase, dat machße bloß, weiße mir den Umzuch versauen wills.
Solln we wieder na Hause?

MÄDCHEN Näh.

JUNGE Wat hasse denn?
Kannße aum Klo nich richtich strüllen oder wat is?

MÄDCHEN Ich kann nich.

JUNGE Dat gibt et nich, dat gibt et nich.
Is da irgenßwat zu in der Blase, son Verschluß oder hasse Steine inner Blase oder wat nich allet.
Solln we wieder na Hause?

MÄDCHEN Näh.

JUNGE Aber so kannße im Umzuch nich anständich mitmarschieren. Da bleibße mir ewich zurück un hintendran.

MÄDCHEN Ich komm schon mit.

Sie gehen weiter, nach rechts in den Bühnenhintergrund ab. Lotte kommt wieder aus dem Haus, lehnt sich an die Tür. Sie sieht verheult aus.

ANLAGE *Meggys Stimme.* Lotte-Kotte!
Hörst du mich?
Lotte-Kotte?
Lotte geht zur Anlage.

LOTTE Was ...?

ANLAGE Du bist so –

LOTTE Was machst du mit mir? Was?

ANLAGE Du bist so –
unruhig.

LOTTE Ich, Mensch, ich paß auf –

ANLAGE So unruhig.

Du gehst so unruhig und
kommst schon so unruhig rein
und setzt dich unruhig und
sitzt unruhig auf meinem Fußbänkchen ...

LOTTE Ich erzähl dir was und du sagst,
ich bin unruhig. Ich paß auf,
daß ich nicht einschlafe da oben,
und du sagst, ich bin unruhig.
Wie wenig Freundschaft, Meggy!
Ich paß auf und erzähl dir was,
setz mich auf das unbequeme Fußbänkchen,
wo kein Arsch Schlaf finden kann,
denn es wackelt ja auch noch nach allen Seiten,
und erzähl dir was, ohne ein einziges Mal zu stocken,
wie ein Perser so ruhig und ohne zu schlafen.

ANLAGE Es sah aber so aus,
als ob du lieber schlafen gehen würdest.

LOTTE Wohin? Wohin?

Musik vom Umzug der Bergmannskapelle leise im Hintergrund.

ANLAGE Deine Zeichnungen sind aber schön.

LOTTE Ja.

Sie sieht in die Zeichenmappe.

ANLAGE Das Bild von Paul ist schön.

LOTTE Ja.

ANLAGE In der Schule warst du die Nummer Eins im Werken.

LOTTE Ich bin geschickt in den Händen.

ANLAGE Ja. Sehr.

LOTTE Ich will jetzt Sprachen studieren.

ANLAGE Oh Sprachen, puh!

LOTTE Wenn ich geschieden bin, krieg ich Geld vom Staat.

ANLAGE Stipendium ...

LOTTE Ja. Ein Stipendium ...
Kann ich hochkommen, Meggy?

ANLAGE *nach einer Pause.* Mir geht's nicht besonders.

Lotte Na klar du, versteh ich gut.
Anlage Bleibst du länger in Essen?
Lotte Ich bin unterwegs nach Sylt.
Anlage Nach Sylt? Machst du Ferien?
Lotte Nein. Ich besuch in Hörnum meinen Bruder.
Den Bernd.
Anlage Ah Bernd. Der Kleine.
Lotte Na du, der ist längst Zahnarzt und hat in Hörnum längst eine Zahnarzttochter geheiratet.
Anlage Wie klein mußt du gewesen sein,
mit deinen sieben Jahren, als ich dir
ewige Freundschaft schwur, wie klein
meine Hand auf deinem Herzen,
wie klein ich!
Lotte Oh Meggy, winzig, winzig!
Anlage Wandertag auf Schloß Burg ... ewige Freundschaft!
Lotte Ja! Ja!
Wandertag, mein ich ja. Genau!
Endlich weißt du's wieder, endlich.
Weiter, weiter, nichts vergessen!
Anlage Heute hast du eine fette Brust
am selben Fleck, wo einst mein Schwurhändchen lag.
Lotte Hab ich nicht.
Anlage Doch, hast du.
Lotte Du auch.
Anlage Nicht ganz, du.
Lotte Meggy ...
Anlage Fette Brüste, schwerer Schlaf.
Lotte Lange Arme –
Anlage Ach wie wirst du keuchen, wenn du schläfst!
Lotte Lange Arme –
ich keuch gar nicht!
Anlage Lange Arme: und?
Nicht leicht über mich zu spotten, was?
Lange Arme! Gottchen ...

Traust dich wohl nicht ran an den Speck, hm?
Traust dich nicht sagen,
was du wirklich gesehen hast, hier oben,
was für eine, in meinem Stuhl?
Im Hintergrund fliegen Hüte, Jacken, Luftschlangen usw. vom Umzug in die Luft.
Ist auch nicht leicht, über mich zu spotten, was?

LOTTE Nein.

ANLAGE Versuch es.

LOTTE Nein.

ANLAGE Mach einen Spott über mich, und ich laß dich rauf.

LOTTE Ich kann nicht.

ANLAGE Mach den Spott, streng dich an.
Und wenn er gut war, dann kriegst du mein eigenes Bett zum Ausschlafen.

LOTTE *nach einer Pause.* Kein Gesicht wie deines spricht spricht es auch wie kein Gesicht.

ANLAGE Das war kein Spott.

LOTTE Doch, war einer.

ANLAGE Wüßte nicht, was mir fehlt am Gesicht.
Am G e s i c h t ?

LOTTE Ich bin eben zu müde für einen guten Spott.

ANLAGE Schade. Ist auch gar nicht leicht.

LOTTE *letzter Versuch.* Wer ist das?
Hat ne Fratze wie ne Glatze
Schnürt die Schuhe an die Knie
Und ihr ganzer Rumpf steckt in einem Strumpf.
Wer ist das?

ANLAGE Ich?

LOTTE Ja.

ANLAGE Ich glaube, du hast sie nicht alle!
Ein alter Mann kommt mit drei aus der Reinigung abgeholten Hemden. Er schließt die Tür auf. Lotte geht hinter ihm ins Haus. Sie drückt von innen das Gesicht gegen die Glastür, schielt zur Sprechanlage.

ANLAGE Sau.
Mitleidlose.
Viech.
Dreck.
Kaputte.
Unmensch.
Giftspritze.
Abschaum.
Pause.
Lotte-Kotte?
Lotte?
Die Sprechanlage schweigt. Von links kommt eine Frau mit ihrem Mann, einem Türken. Sie hakt bei ihm unter. Nachdem sie an der Haustür vorbeigegangen sind, bleibt der Türke abrupt stehen, wendet sich in den Bühnenhintergrund und beginnt einzelne Schreie auszustoßen. Er brüllt einsilbige deutsche Wörter. »Beiß.« Dann nach einer Pause: »Tür.« Es klingt wie militärische Befehle. Lotte sieht hinter der Glastür zu den beiden hin. Der Türke brüllt, jeweils von längeren Pausen unterbrochen: »Scheiß.« »Mach.« »Bier.«
Da löst sich die Frau von ihrem Mann, weicht zur Seite und betrachtet ihn wie einen Fremden. Lotte kommt aus dem Haus, drückt einen Klingelknopf, sieht unablässig zu den beiden hin ...
ANLAGE Ja?
LOTTE Ich bin's.
ANLAGE Oh Lotte, ich dachte schon, du seist fortgegangen ...
LOTTE Nein. Ich bin hier.
ANLAGE Komm rauf!
Der Türöffner surrt lange. Der Türke schreit weiterhin: »Eins.« »Wichs.« »Noch.« »Wann.« Lotte geht zu den beiden.
LOTTE Was ist los?
FRAU Weiß nicht.

LOTTE Ihr Mann?

FRAU Fürchte mich, ne.

Sie hat sich ›ne‹ nur angewöhnt, spricht im übrigen kein richtiges Essener Deutsch.

LOTTE Aber Sie brauchen sich doch vor Ihrem Mann nicht fürchten.

FRAU Sowas hat er noch nie gehabt. Brüllt wie am Spieß. Kenn ihn nicht so.

LOTTE Er ist ja nur betrunken.

FRAU Verträgt nix, ne. Haben ihn die Säcke voll gemacht. Schluck mal mit, los, schluck mal. Ich schick ihn unten ans Büdchen für zwei Päckchen Zigaretten und der kommt nicht wieder nach Haus. Verträgt ja nix, ne.

Die Frauen betrachten den Betrunkenen, der in Abständen ruft: »Scheiß.« »Fritz.« »Futt.« »Hos.« »Nix.« »Komm.« Aus der Sprechanlage ruft es ab und zu noch: »Lotte«, »Lotte-Kotte . . .«

FRAU Aber steht noch wie ne Eins. Fällt nicht um, der Kerl. Können Sie selber sehen, ne, steht wie nix.

LOTTE Ja. Klasse!
Hält die Balance bis zuletzt. Wie ein Korporal!
Betrunkene sind sich nicht alle gleich.

Der Türke tritt mit dem rechten Bein so kräftig aus, daß der Schuh hoch durch die Luft fliegt.

FRAU Nur im Kopf geht's rund.

LOTTE Was ist er? Türke?

FRAU Ja. Türke.

LOTTE Ich werd ihn fragen, was er will.

FRAU Er kann nicht reden, ne.

Lotte holt den Schuh, der auf die Straße gefallen ist. Sie geht zu dem Betrunkenen, bückt sich und zieht ihm den Schuh an.

LOTTE Seien Sie ruhig. Ihre Frau fürchtet sich ja.
Erzählen Sie mir, was Sie eigentlich wollen.
Brüllen Sie nicht mehr. Kommen Sie.

Sie hakt bei ihm unter.
Meinetwegen sprechen Sie auf türkisch. Ich werd's schon verstehen.
Der Betrunkene löst sich aus seinem festen Stand und geht mit Lotte.

FRAU Wohin? He! Wohin?

LOTTE Warten Sie hier.
Ich gehe einmal um den Häuserblock mit ihm.
Warten Sie hier.
Lotte und der Türke gehen nach rechts ab. Die Frau geht zum Hauseingang, drückt sich in die Ecke gegenüber der Sprechanlage. Nach einer Weile kommt von rechts ein junger Mann, schäbig gekleidet. Er bleibt in der Nähe der Tür stehen, pfeift ›Dreh dich nicht um ...‹. Die Frau wendet sich ab, verbirgt ihr Gesicht im Ellenbogen, den sie gegen die Türfassung stützt.

DER MANN Was gibt's Böses, sprach Herr Schnöses ...
Hör mal, Gaby, wir kennen uns jetzt lange genug.
Du weißt genau, daß ich keine fremden Frauen auf der Straße anspreche, ich bin viel zu schüchtern ...

FRAU *guckt aus ihrem Versteck.* Ich kenne Sie überhaupt nicht.

DER MANN Siehst du,
ich brauch nur mal kräftig Gaby sagen,
und schon zeigt's sich, wer du wirklich bist.
Es zeigt sich nämlich, daß du letzten Endes
niemand anderes bist als die gute alte
Ingeborg vom –

FRAU Oh Mann!

MANN ... vom Leopold.

FRAU Quatschkopp! Hau ab!
Mach daß du weiterkommst!

DER MANN O –! *Hand vorm Mund.*
Na –! *Mahnender Zeigefinger.*
Nie! *Flache zurückweisende Hand.*

O-na-nie.

FRAU Ha. Ha. Ha.

MANN Ja, so ist es in Essen.
Leider, leider, easy rider.

FRAU Und ein Ei außem Konsum, ne.

MANN Komm mit mir ans Büdchen, Regine,
drüben am Büdchen, Regine,
zeig ich dir gerne den Trick,
wie man aus einem kühlen Wicküler einen warmen Händedruck macht.

FRAU Am Büdchen! Noch was!
Am Büdchen da stehen ja lauter die Säcke herum,
die den Türken verrückt gemacht haben, ne.

MANN Welchen Türken?

FRAU Den Türken, meinen Mann.

MANN Verstehe nur Reibekuchen.

FRAU Mein Mann, Mensch. Der geht nur mal mit einer Soundso eben einmal um den Häuserblock.

MANN Siehe, ich bin nur ein einfacher Zeitungsleser.
Türke und Soundso sind mir Pferdmenges und Süsterhenn.
Schon mal davon gehört, aber frag mich nicht, was.

FRAU Ein Spinner! Tullitulli, ne.
Mann, was machst du beruflich mit dem Quatschkopp obenauf?

MANN Ich? Reisebegleiter.

FRAU Reisebegleiter ...

MANN Und selbst?

FRAU Wir haben zwei Läden. Einer wir und einer Arslans Bruder.
Einer Mevissenstraße am Parkhaus und einer am Erlenbruch.

MANN Läden mit allem?

FRAU Läden mit Frischobst, Frischgemüse.
Solltest du eigentlich wissen, ne.
In Essen wissen das die Leute.

Pause.
Reisebegleiter. Von wem?
Von links kommt der Türke, allein.

MANN Kommt drauf an. Rennpferde, Wahlkämpfer, Kunstwerke, alte Damen, blinde Herrn. Alles was nicht gern allein verreist, vom Wickelkind bis zur Leiche.

FRAU Arslan!
Komm her!
Wo ist die Frau, Arslan?

TÜRKE Bilmem, gitti.

MANN Was hat er gesagt?

FRAU Er weiß es nicht. Sie ist fortgegangen.

TÜRKE Kim bu adam?

FRAU Niemand. Wir stehen hier nur so.

MANN Was sagt er?

FRAU Wer du bist.

TÜRKE Defolsun, gitsin.

FRAU Nein, Arslan.

MANN Was?

FRAU Er sagt, ich soll dich fortschicken.

MANN Ja. Tu das.

FRAU Nein. Warte, ne.

TÜRKE Gitsin istemiyormusun, Karin?

FRAU Nein, Arslan.

MANN Na?

TÜRKE Iyi, kalsin, öyleyse.

FRAU Du kannst stehenbleiben.

TÜRKE Ismi ne?

FRAU Wie du heißt.

MANN Jürgen.

FRAU Jürgen was?

MANN Jürgen Jürgen.

FRAU *lacht.* Scherzkeks. Vorne wie hinten, ne.

MANN Ja. Scheint so.

FRAU Jürgen – heißt das was?

MANN Heißen? Weiß nicht.
Was heißt Hitler? Hitler heißt ja auch nix.
FRAU Ich heiße aber nach was: Damla.
Damla heißt soviel wie Wassertropfen, Wassertröpfchen.
MANN Karin Wassertröpfchen.
FRAU Ja. Karin Damla.
TÜRKE Sen benim karımsın, bir tanem...
MANN Was sagt er?
FRAU Du bist meine Frau und mein Liebling.
TÜRKE Bir tanem!
FRAU Mein Liebstes.
TÜRKE Hayat merdiveninin binlerce taş basamaklarından aşağı benimle beraber in.
FRAU Du folgst mir ... die Treppe runter, oder wie war das?
TÜRKE Binlerce taş basamaktan...
FRAU Die tausend steinernen Stufen...
TÜRKE Hayat merdiveninin basanaklarından aşağı.
FRAU ... hinunter auf der Treppe des Lebens.
MANN Drum prüfe, wer sich ewig bindet,
ob er nicht noch was Besseres findet.
FRAU Du hältst besser den Mund, ne.
Die drücken das eben so aus, ausgesprochen schön.
TÜRKE Haydi gidelim.
MANN Was?
FRAU Gehen wir.
MANN Ja. Ich gehe.
FRAU Nein. Wir gehen zusammen. Du bleibst.
TÜRKE *geht einen Schritt auf seine Frau zu.* Sen benim karımsın, bir tanem.
MANN Was ist los?
FRAU *schnell.* Du bist meine Frau und mein Liebstes.
Sie greift die Hand des jungen Mannes.
Bleib!
TÜRKE Sus, tercüme etne.
FRAU Schweig. Übersetze nicht.

TÜRKE Tercüme etne.
FRAU Übersetze nicht.
TÜRKE Ağzını kapa!
FRAU Halt's Maul.
TÜRKE Orospu.
FRAU Du bist eine Straßendirne, leichtes Mädchen, unkompliziertes Geschöpf.
TÜRKE Sus! Sus! Sus!
FRAU Schweig, schweig, schweig.
Der Türke dreht sich auf der Stelle um und beginnt wieder einsilbige Wörter wie Befehle zu brüllen.
TÜRKE Scheiß! ... Tür! ... Wichs! ... Komm!
Der Mann reißt sich los und läuft nach rechts hinten ab.
FRAU Bleib hier! Bleib doch hier!
Oh nein! ... Oh nein ...!
Sie setzt sich auf die Stufe vor dem Hauseingang. Von rechts kommen der Junge und seine Freundin. Er ist angetrunken.
TÜRKE Eins! ... Eins!
JUNGE *bleibt stehen.* Äi?! Voll, wa, Kanake?
MÄDCHEN Laß ne.
JUNGE *zur Frau.* Is der voll, der Kanake, oder wat?
Krissen nich mehr am brennen, den feuchten Docht,
oder wat machter da?
FRAU Zählt ne.
JUNGE Zählt. Wat zählter?
Zählt sich selber, Kanake.
De ganze Stadt, du ...
Geh bloß na Hause ...
Malisberg und Siebert, kennße dat?
Chemotechnische Versuchsanlage ... Großdepot ... ich, du, ich hab da malocht, Giftgas, sonne Kessel, sonne Kawenzmänner.
Einet Tages, du, de ganze Stadt, du ... Peng! Peng!
MÄDCHEN *unbeteiligt.* Klappe zu, Affe tot.

JUNGE Komm, du, geh bloß na Hause ...
De ganze Stadt, du, runter inne Bunker ...
Peng!
MÄDCHEN Komm.
TÜRKE Eins!
JUNGE Peng!
Die beiden nach links ab. Der Türke und seine Frau allein. Stille.

Dunkel

Station

Eine beleuchtete Telefonzelle am Rande einer Landstraße. Darin Lotte, wohnlich eingerichtet aus aufgesammelten Stükken: eine Taschentuchgardine an der Vorderseite, eine Art Barhocker, auf dem sie sitzt, neben einem Gummibaum. Ein Glas Milch auf dem Telefonkasten, ein zerbrochener Rasierspiegel. Von der Decke hängt ein Fliegenfangstreifen, eine Zeichnung von Paul an der Rückwand. Lotte wirft ab und zu ein Markstück in den Apparat, wählt immer dieselbe Nummer, hängt nach einer Weile ein.
Währenddessen hört man ihre Stimme über die elektroakustische Anlage.

LOTTE Lieber Paul,
diese Zeilen mögen dich gesund und schaffensfroh antreffen. Nun bin ich schon weit weg von dir. (Aber nur äußerlich gesehen!) Per Autostopp gelangte ich problemlos bis über Lüneburg hinaus, von wo ich zunächst einmal in Richtung Lüneburg zurückmarschierte.
Die Erinnerungen an unsere ersten Jahre in Saarbrücken werden für mich immer die schönsten meines Lebens bleiben. Manchmal wähle ich jetzt am Telefon unsere Nummer in der Straße des 13. Januar und lasse es lange ins Leere tüten.
Wir hätten doch über alles in Ruhe reden können. Ich möchte Sprachen studieren.
Auch habe ich in Essen Station gemacht, um meine beste Schulfreundin, Mechthild Niedschläger (verheiratete Wittich) zu besuchen, die jedoch leider körperlich und geistig ein wahrer Trauerkloß geworden ist und sich fast gänzlich für nichts mehr interessiert.
Morgen sehe ich zu, ob ich in den alten Autos nicht ein Kissen oder ein Polster finde. Mein Hintern tut mir weh. Nebenan im Wäldchen liegen nämlich zwei Autowracks herum, die schon fast gänzlich zugewachsen sind.
Wieder einmal. Genau wie nach dem letzten Krieg. Manch-

mal denke ich: vielleicht ist etwas passiert, wovon ich nichts weiß. Die Menschen aus dieser Gegend sind alle auf und davon, es läßt sich ja keiner mehr blicken. Die Grenzen haben sich verschoben und ich sitze hier längst in einem anderen Land.
Entschuldige meine zeitweise Angst. Im Grunde bin ich stark und es wird mir schon einfallen, wie ich wieder etwas glücklicher werde.
Nun zu dir, lieber Paul.
Ich wollte dir nur sagen, daß ich weiß, daß du die Frau im hochgeschlossenen Kleid liebst und daß sie auch dich liebt. Da ich es nun weiß, fühle ich mich dir gegenüber etwas erleichtert. So ist es nun und ich muß mich damit abfinden. Ich hoffe aber, auch du wirst jetzt einmal erfahren, daß man sehr viel glücklicher ist und etwas sehr viel Stärkeres spürt, wenn man selber richtig liebt, als wenn man sich immer nur lieben läßt.
Bitte wirf diesen Brief nicht gleich nach dem ersten Überfliegen weg oder sogar schon beim Anblick meiner Handschrift! Das täte mir sehr weh.
Lieber Paul, ich werde dich immer suchen. (Ich meine: bildlich gesprochen – keine Angst!)
Gott ist einfach. Gott verwandelt sich nicht und betrügt niemanden. Deine Lotte.

P.S. Bitte grüße alle von mir. Besonders das Mädchen im Zelt. Sorgt ihr auch gut für es?

Dunkel

Familie im Garten

Lotte
Bernd, ihr Bruder
Wilhelm
Josefine, seine Tochter
Albert, sein Sohn

Ein Grillplatz im Garten. Vorne ein niedriger Tisch mit fünf Gartenstühlen. Rechts der Grill, daneben ein Wagen mit Getränken. Eine Säule mit einer Madonnenfigur. Stühle, Tisch, Grill sind an den Fußenden in den Boden einbetoniert. Alles bewegliche Gut liegt an schmalen Ketten. Am leeren Tisch sitzen: Albert, Wilhelm, sein Vater, Josefine, seine Schwester; ihnen gegenüber: Lotte neben ihrem Bruder Bernd. Die Personen wechseln häufig ihre Sitzhaltungen, da ihnen sonst jede Ablenkung voneinander, etwa durch Essen oder Trinken, fehlt. Lotte trägt ihr zweiteiliges Kostüm, das von Mal zu Mal farbloser, ausgeblichener erscheint. Sie macht eine Skizze von Albert, dem jungen Mann.

LOTTE Erkennst mich nicht, Albert?
ALBERT Doch.
LOTTE Ich kenn dich. Aber du kennst mich nicht mehr.
Groß, wie du geworden bist.
ALBERT Doch.
Pause.
WILHELM *vorgebeugt, die zusammengefalteten Hände hin und her reibend.* Sie wollen sich also ein wenig um meinen einzigen Sohn kümmern?
LOTTE Na ja.
Duz mich.
WILHELM Was meinst du dazu, Schwiegersohn?
BERND *zieht nervös seine Armbanduhr auf.* Ich meine: Was liegt vor?
Du bist doch verheiratet, Schwester?
LOTTE Wir leben in Scheidung.
BERND Liebe? Güte? Erziehungsdrang?
WILHELM Sehen Sie, mein Söhnchen braucht eher einen Halt als eine weitere Zerstreuung.
LOTTE *zu Bernd.* Nestler. Nestle doch nicht dauernd an deiner Uhr herum.

WILHELM Drei volle Jahre wartet der Junge nun auf seinen Studienplatz in Zahnmedizin. Drei Jahre Aufschub. Zwei Jahre Militär vorneweg. Dienst am S o z i a l-staat! Macht, daß er jetzt schon Mitte Zwanzig ist. Und parkt noch immer in Theologie.
Seine beste Zeit vergeht, sein Werdegang bleibt dahingestellt. Es wird aus ihm nichts. Sitzt zu Haus auf Hörnum und hält uns verrücktes Kolleg.

BERND Die Kriegsgeneration hatte es auch nicht leichter.

WILHELM Kriegsgeneration? Bist du Kriegsgeneration? Menschenskind, Bernd! Euch ist doch in den sechziger Jahren alles in den Schoß gefallen. Gleich von der Penne ab ins Praktikum, mit ein klein wenig Beziehung –

LOTTE Also Beziehungen hatten wir überhaupt keine. Unser Vater war nicht so reich! Er war ja nur ein kleiner Mann im Gaswerk und mein Bruder hat sich beim Studieren immer dazu verdienen müssen. Das ist ungerecht, so etwas zu sagen. Und mein Bruder hatte keine Praxis vor der Nase, in die er bloß hineinwachsen brauchte, früher oder später, wie Albert. Sonst hätte mein Bruder ja heute auch seine eigene Praxis und wäre nicht dein Assistent!

WILHELM *(gleichzeitig mit Bernd)* Er ist nicht mein Assistent.

BERND Ich bin kein Assistent.

LOTTE Oder sowas Ähnliches. Eingeheirateter Unselbständiger.

WILHELM Ja, ja. Düsternis, Düsternis.
Ein Staat, ein S o z i a l-staat ... aber darüber kann man ja nicht reden mit euch.
Pause. Lotte zeichnet.

JOSEFINE Achtundzwanzigtausend Mark.

LOTTE *beugt sich zu Albert, versucht mit ihrem Stuhl vorzurücken.* Bevor ich dir begegnet bin, Albert –
was sitz ich denn hier so fest, verdammt nochmal!?
Alles angemauert, alles angekettet!

WILHELM Was glaubst du wohl, was morgen noch in unserem

Garten stünde, wenn wir nicht alles angemauert, alles angekettet hätten?

LOTTE Bevor ich dir begegnet bin, Albert,
da war ich in ebensolchem Schmerz erstarrt
wie die Figur dort auf der kleinen Säule...

WILHELM *beifällig.* Ja, ja – richtig, richtig.

Keine Reaktion von Albert. Lotte lehnt sich wieder zurück. Beim nächsten Satz rutscht sie bis an den Rand des Sitzes.

LOTTE Tausend Gedanken
fliegen durch meinen Kopf,
tausend Gedankenlosigkeiten...

WILHELM Ja, ja – richtig, richtig.

Sie lehnt sich wieder zurück usw.

LOTTE Sag mir doch mal eine kleine Klugheit auf französisch.
Also, wenn man französisch kann wie du...!

WILHELM Ja, richtig!

ALBERT Aber ich kann es kaum...

LOTTE Ach, komm, du kannst bestimmt französisch und italienisch kannst du auch...

ALBERT *lacht.* Italienisch kann ich überhaupt nicht...
Beide lachen. Nein, wirklich!

Josefine versucht aufzustehen, knickt aber in den Beinen ab, setzt sich wieder.

JOSEFINE *spricht zu ihrem Bein.* Wenn Bein das tut –!,
wird es vielleicht nie wieder wie früher sein.

BERND Wir haben gerade erst zwei Uhr fünfzig, Finchen. Noch nicht einmal drei Uhr, Finchen. Vielleicht solltest du wenigstens noch ein halbes Stündchen warten.

JOSEFINE *steht auf.* Du, Bernd, schweige!
Wo sind meine Achtundzwanzigtausend?

Sie geht zum Getränkewagen, sieht sich die Flaschen der Reihe nach an. Der Vater folgt ihr, steht besorgt an ihrer Seite.

WILHELM Nichts Scharfes, Josefine. Nichts Scharfes!

JOSEFINE Was soll ich nehmen ...?

WILHELM Laß dich bitten, mein Kind ...

JOSEFINE Wo fange ich an ...?

WILHELM Der Tag ist noch lang ...

Sie nimmt schließlich eine Flasche Wodka oder Gin, gießt sich ein großes Glas voll. Der Vater versucht ihr einerseits behilflich, andererseits hinderlich zu sein. Er reicht ihr das Glas, um es bald wieder von den Lippen abzuheben. Er streicht ihr, während sie trinkt, über den Scheitel. Er geleitet sie zurück zu ihrem Platz.

ALBERT Was du da an hast, Lotte, dies Kostüm –
ist das jetzt der neueste Omalook auf dem Festland?
Siehst ja aus wie der letzte Ostermarschierer.

LOTTE Ich dachte, ich hätte mich einigermaßen angezogen, einigermaßen.

ALBERT Ich hoffe, du hast nicht vergessen, dir 'ne Mottenkugel in den Zwickel zu stecken.

LOTTE Du bist ein Flaps, ein Flaps!

ALBERT Ich würde gern mal sehen, wie du aussiehst, wenn man sexuell mit dir spricht.

WILHELM Kehr um, Albert!
Kehr um!

ALBERT Ich glaube, du bekommst ein ganz anderes Gesicht, wenn man mit dir über gewisse sexuelle Dinge spricht.

LOTTE Red doch nicht soviel darüber!

ALBERT Willst wohl nicht sexuell mit mir reden, nein?

LOTTE Schon. Aber –

ALBERT Aber?
Weißt du, Lotte, es gibt zärtliche Mütter, die ihre Kindchen masturbieren, wenn sie weinen ...

LOTTE Nicht mehr sexuell, bitte!

ALBERT Seht mal, was für ein schönes Gesicht sie bekommt! Mit wenigen Worten! Punkt–Punkt–Strich, fertig ist das Sexgesicht.

WILHELM Denn hören Sie, Lotte,
dahinten spült das Meer, spült es und rauscht,
und hier mein Sohn redet bei Flut sein schlimmstes Genuschel.
Schweigt aber das Meer, die Ebbe kommt, dann –
Er muß aufstehen, denn Josefine hat sich zum Getränketisch davongestohlen. Er holt sie ein und führt sie behutsam zurück.

ALBERT Und es gibt andere Mütter, oder gab sie,
weniger zärtliche, die banden ihrem Sohn
ein Gerät auf den Leib, das jede Erektion des Kindes vermittels einer elektrischen Klingel im elterlichen Schlafzimmer anzeigte. Eine solche Mutter hatte mein Vater.

WILHELM Ich pack mir meine beiden Kinder
unter die Arme,
ich nehm den Albert links und die Josefine rechts,
und sodann stürz ich mich runter vom Norden,
wo ich nicht geboren wurde,
wo meine Kinder nicht geboren wurden,
runter von der Nordsee und raus aus der Nordseeluft,
die uns alle jodvergiftet hat,
ich laß hier das Unsere stehen und liegen,
pack euch beide, ihr zitternden Vögelchen,
wenn ihr nicht endlich euch eure Übel verkneift!
Du deinen Stumpfsinn.
Du deinen Wahnsinn.
Du dein Schweigen.
Du dein Schwätzen.
Du dein Starren.
Du dein Stechen im Auge...

JOSEFINE Hör mal, er mopst sich über uns Kinder!

LOTTE Er mopst sich? Aber nein. Er macht sich Sorgen. Ihr quält ihn.

JOSEFINE Jetzt sag ich dir was: Dein Bruder Bernd hat mich beklaut.

LOTTE Beklaut?
Zu Bernd. Nestle doch nicht dauernd an dir herum. Laß das!
JOSEFINE Beklaut, ja.
Achtundzwanzigtausend Mark in Gold und Papieren.
Hinter der Wandtäfelung im Schlafzimmer.
Mein ganz Privates, du!
WILHELM Niemals hättest du soviel Geld an einem Fleck verstecken dürfen.
JOSEFINE Aber ein Geld, das vor dem eigenen Mann nicht sicher ist, wer denkt denn an sowas.
Ich hätte ihm doch nie im Leben das Versteck gezeigt.
LOTTE Bernd, rede du.
BERND Ich habe vor cirka einem Jahr achtundzwanzigtausend Mark hinter der Wandtäfelung im Schlafzimmer hervorgeholt und an mich genommen.
WILHELM Nun ja.
Wir debattieren seit Wochen über nichts anderes.
Muß denn das ausgerechnet heute wieder auf den Tisch?
JOSEFINE Sie ist die Schwester. Sie gehört zur Familie.
Sie soll es wissen.
LOTTE Warum stiehlst du?
JOSEFINE Niemand kannte das Versteck. Nur er.
Sogar ich hatte es fast schon vergessen.
WILHELM Er gibt es ja zu, er gibt es ja zu.
JOSEFINE Wahrscheinlich hat er gedacht: die guckt ja doch nie hinter die Wandtäfelung; wer weiß, wann die mal wieder dahinter guckt...
LOTTE Warum stiehlst du?
Du hast doch früher nie gestohlen.
Warum? Hier gehört dir doch sowieso,
mehr oder weniger, früher oder später – alles.
BERND Nicht ganz mir.
LOTTE Hast du das Geld zurückgegeben?
BERND Nein.

LOTTE Nein?!

BERND Bin momentan gar nicht in der Lage ...

LOTTE Was hast du gemacht mit achtundzwanzigtausend Mark?

BERND Darüber möchte ich nicht sprechen.

LOTTE Ach so.

JOSEFINE Darüber spricht der Herr nicht mit uns.

WILHELM Leider. Wir haben es leider bis heute nicht herausbekommen. *Zu Bernd.* Weißt du, eine Spur Auskunft könnte uns inzwischen bestimmt nicht schaden, ein Fünkchen Aufklärung!

LOTTE Hast du spekuliert? Gespielt?
Hast du Spielschulden gemacht?

BERND Nein ...
Er überlegt.
Ich möchte nicht darüber sprechen.

LOTTE Die eigne Frau bestohlen ...
Mein Gott! Bernd! Wahnsinn!
Sag doch wenigstens, warum?!
Und hör endlich auf, am Hosenbein zu zupfen!

WILHELM Was soll ich tun? Was soll ich tun?
Das greift aber mächtig in die Tiefenschichten, was? Oder?
Er steht plötzlich auf.
Verlasse meinen Garten und verlaß
mein Haus und meine Praxis.
Geh weg von uns.

JOSEFINE He! Heeeeeh!

WILHELM *setzt sich wieder.* Siehst du.

JOSEFINE Überleg dir, was du sagst, Vater,
und furz hier nicht beliebig in die Gegend!

WILHELM Siehst du.
Auf welchem Forum willst du da Gerichtstag halten?
Die Familie? Die Familie fordert tausend Rücksichten, die Familie ist dem Täter ein schützend Dickicht, in dem er untertaucht und sich nicht fassen läßt.

Bernd steht auf.

JOSEFINE
LOTTE } Wohin?

BERND Ich gehe nicht weg.

Er geht zu einem Stapel Zeitungen, der in der Nähe des Grills steht, und breitet langsam Zeitungsblätter auf dem Boden aus, um darauf später Teile des Grills zu säubern.

LOTTE Ich möchte sagen, daß ich meinen Bruder liebe und daß ich mich verantwortlich fühle für ihn, denn ich bin seine ältere Schwester, die früher immer gut auf ihn aufgepaßt hat.

JOSEFINE Na ja. Nun ist es eben so gelaufen.
Voriges Jahr hatte ich in Keitum ein Lädchen im Kunsthandwerk. Dieses Jahr hab ich mir mal nichts vorgenommen...
Ich hätte ja auch ein Kind bekommen können.

LOTTE Josefine, was denkst du?
Denkst du an Scheidung?

JOSEFINE Ich weiß nicht.
Ich liebe ihn auch noch.
Er soll sich schämen.

WILHELM Er schämt sich ja aber nicht. Nun hör auf!

LOTTE Nein! Gerecht sein!
Hier, bitte, was er da tut am Boden,
das ist sich schämen. Gerecht sein!
Albert, sieh du auch mal her!

ALBERT Mach dich bloß nicht naß, du.
Mir ist das vollkommen egal.

JOSEFINE Apathie, typisch!
Apathie ist eben Apathie in allem.
Aktivanad, du!

ALBERT Ich werd mich in deinen Sex einmischen, Fine! Diebstahl und sich schämen? Ach du heilige Waschmaus! Der Raub, das ist etwas ganz Tiefes, du, etwas ungeheuer Sexuelles, ganz was Seltenes, ein irrer Schrei, ein irrer

Aufstieg! Und du quatschst hier dauernd rum, kalt und schwül wie 'ne Messehostess. Du redest doch sonst nicht über Sex. Du redest hier die ganze Zeit über deinen Sex und merkst es gar nicht!

JOSEFINE Sex! ... Was soll daran wohl sexuell sein?
Vielleicht wenn er mich betrogen hätte, ja.
Aber eine Bestohlene empfindet da doch anders.

ALBERT Weil du sexuell nicht bis zehn zählen kannst.

JOSEFINE Albert, ich bin nicht firm in deiner Philosophie. Laß es.

LOTTE *zu Bernd.* Willst du dich nicht wieder zu uns setzen?

BERND Ich werd grad mal den Grill putzen.

LOTTE *fast heiter.* Was hast du denn bloß gemacht mit dem vielen Geld?

Keine Antwort. Bernd legt weiterhin Zeitungen aus.

LOTTE *ernst.* Bernd, du bist ein Mensch, der sich sehr verändert hat.

BERND Tja.
Ich bin Pessimist.

LOTTE Pessimist? Ein Dieb bist du!
Red dich bloß nicht raus.

JOSEFINE Ich bin sicher, er hatte heimlich Schulden ...

LOTTE Hattest du heimlich Schulden?

BERND Pessimist zu sein ...

LOTTE *zu Josefine.* Offenbar.

BERND ... ist gar nicht so leicht, heutzutage.
Der Glaube an das Gute im Menschen hält überall die Menschen zusammen. Er verbindet.
Aber bist du nun einmal skeptisch und siehst für den Menschen schwarz, ganz allgemein, dann wirst du bald erleben, wie deine besten Freunde sich nach und nach von dir zurückziehen. Obwohl du doch niemanden persönlich beleidigt hast. Sie fürchten die pessimistische Idee an sich, die Wahrheit letzten Endes. Da kannst du persönlich noch so ein prima Kerl sein, den Pessimisten lassen sie alleine ste-

hen. Schade. Dabei wäre es doch denkbar, Pessimist zu sein, ohne gleich ein Menschenverächter. Man müßte doch Pessimist sein dürfen und dabei gerade besonders gesellig.

Josefine ist aufgestanden und auf dem Weg zum Getränkewagen abgebogen, um sich neben Bernd zu stellen. Wilhelm folgt ihr.

JOSEFINE Vielleicht war es nur so ein plötzlicher Anfall aus der Lebensmitte heraus ...
Die Nerven machen ja, was sie wollen.
Ein Mann stiehlt bei seiner Frau.
Sowas kommt nicht mal im Krieg vor.
Statt Krieg haben wir das.
Haben wir Pech. *Sie geht zu den Getränken.*

WILHELM *flüstert Bernd zu.* Du bist übrigens noch mit der Jahresmiete für den Illustriertenring im Rückstand ... Ich erwähn es nur schon mal.
Er geht hinter Josefine her.
Lotte beugt sich über die Stuhllehne zu Bernd.

LOTTE Wohin jetzt?

BERND Wie meinst du?

LOTTE Hier können wir nicht bleiben, Bruder.

BERND Warum nicht.

LOTTE Ich dachte, hier könnte ich endlich mal ein bißchen bleiben.

BERND Abwarten und Tee trinken.

LOTTE Als Kind hast du nie gestohlen ...
Aber die Bizeps spielen lassen beim Beten, das warst du! Tu's nicht, sagt die Mutter, tu's nicht, sonst wird dir der Engel kein Grübchen ins Kinn drücken, wie du es dir so sehr wünschst. Du wolltest als Mann unbedingt so ein Dingens unten im Kinn.

BERND Na ja. Hab ich jetzt auch eins.

LOTTE Ich seh nix.

ALBERT Es ist ohne das Dunkel viel schlimmer sich zu fürchten ...

LOTTE Ich möchte wieder an einem Fluß wohnen.
Die schönsten Jahre habe ich vis-à-vis von einem Fluß gelebt. Die olle Saar in Saarbrücken. Aber sie floß.
BERND Hier haben wir das Meer.
Das Meer hat viel zu bieten.
LOTTE Hier können wir aber nicht bleiben.
BERND Warum nicht.
Josefine und Wilhelm kommen zurück zum Tisch. Diesmal hat Josefine ein hohes volles Glas mitgenommen.
ALBERT Hört mir doch zu!
Was macht ihr mit mir?!
WILHELM Schweigt aber das Meer, die Ebbe kommt, dann –!
LOTTE Mußt nicht immer Mittelpunkt sein, Albert.
WILHELM Die Ebbe kommt, er fürchtet sich.
Er hält Alberts Hand.
Die Natur ist ein rachsüchtiges Etwas.
Geht gleich vorüber, mein Junge.
Diese kleine Familie ... diese kleinste Familie ... sich bloß nicht kränken, Obacht! ... sich bloß nicht kränken gegenseitig ...
JOSEFINE Das muß doch in etwa dasselbe sein wie früher seine Mondsucht.
WILHELM Pünktlich beim Kentern der Gezeiten ...
JOSEFINE Verschleppte Mondsucht, gibt es sowas?
Gott, ich weiß es letztlich auch nicht.
Sie trinkt.
LOTTE Du trinkst gern mal was, ja?
Das brauchst du sicher, um nachts gut schlafen zu können?
JOSEFINE *lächelt.* Auch.
LOTTE Kannst du denn auch ohne schlafen?
JOSEFINE *lacht freundlich.* Mit etwas geht es schon besser.

Dunkel

Falsch verbunden

Leere Bühne. Lotte auf einem Stuhl. Sehr blasses Gesicht, verschmierte Wimperntusche unter den Augen. Ein riesengroßes Buch liegt aufgeschlagen vor ihr auf dem Boden.

LOTTE Wo-
h i n ?

Keine Antwort.

So wie ich hier sitze,
müßte ich längst gegangen sein.
Ich darf nicht vergessen,
daß es mich zum Gehen drängt,
so wie ich hier sitze.

Frieder ist gegangen
und Nichtfrieder ist gegangen.
Egbert ist gegangen
und Inge ist gegangen.
Sören und der Türke sind gegangen.
Wilhelm, Meggy, Pechstein
und Karin sind es.
Zuletzt ging Paul.

Norden Süden
Osten Westen
Hülle Fülle
Nordost
Nordnordost
undurchdachte Ferne.
Ein Grad ein Strich
Wenn dort niemand
dann ein Grad zwei Strich
falls verstorben

dann Himmel oder Hölle
Buch oder Meer –
ich wüßte nicht,
wo sie sonst noch stecken könnten.
Die Windrose
und die Rose der Windesstille noch dazu:
mehr gibt es ja nicht.
Das ist das ganze Daseinsrund.
Oder Oval.

Paul blieb nicht.
Das Zimmer blieb nicht.
Bernd und Schwester Annegret
blieben nicht.
Borgward, Vater und Clown Grock
blieben nicht.
Ja, hier im Buch
blieb nicht einmal die Schrift der Gäste.
Die Schrift blieb nicht.
Ich sitze gründlich äußerst im Freien!
So weiß wie das Buch
darf ich aber nicht werden.
Ich aber nicht!
Wenn erst die blinden Seiten weiter um sich greifen –
dann aber gottbefohlen, mein Mißliebchen.

Wo-
h i n ?
Jeder Schritt kann der falsche sein.
Wohin in dieses Überall?
Äußerst frei, äußerst frei.
Gründlich.
Gesetzt, ich ginge Paul zu suchen.
Gesetzt, ich wüßte, wo beginnen …
Nein. So gedacht, komm ich nicht hoch.

So gedacht, kommt keine Sterbliche
vom Sitzen ins Gehen.
Vorsicht, Mißliebchen, Vorsicht!
Gedacht ist gedacht.
Sowas läßt sich nicht schwärzen
wie eine verbotene Zeile im Buch.
Solang aber ich es bin, die denkt,
kann es nur falsch sein.
Oder mit Pauls Worten:
Bleibe still hier sitzen,
rede niemals vor dich hin.
Wir alle kommen bald zurück.
Gut, gut.
So sag ich denn zu allem, was ich denke,
nein!

Früher, wenn ich einmal
so gar nicht vergessen konnte,
war mir Emilie eine gute Stütze.
Emilie ging vor Karl.
Karl ging vor Dorothee.
Dorothee ging vor Johann.
Zuletzt aber ging Paul.

Dich liebe ich.
Dich liebe ich!

Könnte er mich hören?
Je nach dem.
Im Westen vielleicht.
Im Westen sind es,
von mir aus gesehen,
nicht mehr als rund achttausend Kilometer
bis ans Ende des Westens,
wo Amerika aufhört und der Osten beginnt.

Im Westen könnte ein Paul mich hören,
könnte! Wenn auch leise, wenn auch kaum.
Vielleicht ein Wispelpispel würd er merken
und es dann für seine innere Stimme halten.
Sein Piepsstimmchen,
auf das er sowieso nicht achtet.
Tja, das sagt sich so.
Wie es wirklich ist,
weiß niemand.

Natürlich kommt keiner zurück.
Redensart.
Bis heute nicht.
Nicht einer.
Woher?
Gehen ist Gehen und Gehen.
Die Dinge lösen sich.
Soviel weiß die Forschung.
Oder, bitte, das Gästebuch.
Buch verliert Schrift!
Oder der Mund.
Mund verliert Rouge.
Die Dinge lösen sich.

Der Acker verliert seine Saat.
Der Tod verliert seine Toten.
Die Dinge, die zusammenpassen,
haben sich satt und fliegen auseinander.
So wie das All ganz allgemein.
Es explodiert unendlich langsam vor sich hin.
Wir fallen nicht, wie oft geträumt,
wir fliegen aufwärts auseinander.
So gesehen, bekommen die Dinge jetzt
erst ihr eigentliches Gewicht.
All und Überall, aufwärts

auseinander!
Weshalb sich gegen die allgemeine Entwicklung stemmen?

Hörst du? Stuhl!
Wach auf! Alter! Fauler!
Nur du und ich, wir sitzen hier noch fest.
Du auf Erden, ich auf dir.
Die Entwicklung hat uns überrollt, sagst du?
Noch lange kein Grund sich gehenzulassen, Alter!
Irgend etwas muß der Mensch doch immer wollen!
Irgend etwas hat die Stunde doch immer geschlagen!
Sie steht auf.
Kling Klang Gloria
Oh du schöner Himmel, immer wieder einmalig!
Und Wolken, nasse Bäuche, Luftfahrtschau!
Kling Klang Gloria
Der Himmel heute liegt als eine Höhle rund um uns,
ein Schoß, ein Garten,
und wir, die kleine Erde, kommen morgen erst zur Welt.
Kling Klang Gloria

Weiß Lotte nicht,
was Lotte sagt?
Zum Stuhl.
Nein, gnädiger Herr, ach ...
Eure Braut, die Mißliebige, weiß es nicht mehr.

Du nennst dich meine Braut?

Ich sagte es nur aus Höflichkeit,
allmächtiger Vater.
Ich wußte nicht, daß Ihr schon so in der Nähe seid.
Plötzlich, als wäre sie in ihrer Wohnung.
Achgott, bei mir sieht es chaotisch aus ...
Nein, bitte, laßt mich!

Ich bin nicht die, für die Ihr mich haltet.
Hab mich eben nur verplappert.
Na und? Und mir nichts gedacht dabei.
Ich schwör's, nichts davor und nichts dahinter.
Näher dürft Ihr mir aber nicht kommen,
Ehrwürdiger Schöpfer, ich bitte Euch.
Ich kann Euch weder Schale noch Kelch sein,
und auch kein anderes Gefäß,
Ihr wünschtet denn, ich zerspränge
und ich platzte aus all meinen Nähten.
Euch kann ich nicht auch noch aushalten!
Dazu bin ich nicht stark genug ...
Oh nicht dieses Gelb!
Gelb ist meine Schreckensfarbe!
Nicht diese gelbe Erleuchtung!
Nehmt die Josefine oder die Meggy,
die kann in Händen lesen,
aber ich doch nicht!
Ich bin unwürdig!
Oh Herr, das soll meine Strafe sein?
Nur weil ich ein bißchen vor mich hingeredet habe?
Was soll ich denn tun?
Warum habt Ihr alle die anderen fortgeschickt?
Warum?
Was?! ... Versteh nix.
Laßt mich! Fort! Irrtum! Falsch verbunden!
Nein! ... Hilfe, Hilfe!
Sie hebt das Buch auf.
Das Buch, das Buch ...
So leer es ist, so schwer es blieb.
Faß mich nicht an! Geh weg!
Sie hält das Buch über ihren Kopf.
Faß mich nicht an!
Sie schlägt mit dem Buch auf den Stuhl, zertrümmert ihn und fällt dabei selbst zu Boden. Sie stellt das Buch auf-

recht, so daß es sie gegen die Trümmer des Stuhls abschirmt. Sie hockt mit dem Rücken im Bund des aufgeschlagenen Buchs.

Ich glaube nicht,
daß ich ihn abschütteln konnte.
Er dringt hin, wo er will.
Wahrscheinlich ist er schon da, wo er hin wollte.
Sie kratzt sich am Rücken, sieht auf eine blutbefleckte Hand.
Blut! ... Was blute ich am Rücken?
Am Rücken war doch nichts ...
Sie versucht auf ihren Rücken zu sehen, dreht sich um, hockt vor dem Buch. Auf der rechten Seite rinnt aus einem schmalen Schlitz Blut herunter. Sie liest, als entziffere sie eine eben entstehende Schrift.
Glaube Liebe Hoffnung
Glaubeliebehoffnung: Nein!
Sie schlägt das Buch zu. Am Schnitt läuft weiterhin Blut aus. Sie reißt Fetzen von ihrer Kleidung, versucht das Buch zu säubern.
Er kriegt mich klein ...!
Ich sehe es kommen, er kriegt mich noch klein.
Oh wie habe ich nicht aufgepaßt!
Erst alle fortschicken
und dann auf mich losgehen ...
Erst alle fortschicken
und dann an mir sein Wirkwerk langsam beginnen ...
Sie putzt und umarmt das Buch.
Oh nein ... Oh nein.

Dunkel

Diktat

Lotte
Alf

Alf, ein junger Verwaltungsangestellter, an seinem Arbeitstisch. Er rechnet mit seinem Taschenrechner. Aus einem Nebenzimmer im Hintergrund hört man das Geräusch einer elektrischen Schreibmaschine.

ALF *spricht ins Diktaphon.* Liebes Fräulein Dommermuth, bin montag früh bis eins beim Planungsbevollmächtigten. Bitte Notiz für öffentliche Ausschreibung City live vorbereiten. Erwarte Anruf, Sitzungspause gegen zehn Uhr dreißig. Brief an Wollenhagen folgt im Diktat.

Er rechnet wieder. Steht auf, geht nach hinten, kommt zurück, spricht ins Diktaphon.

Liebes Fräulein Dommermuth, bitte nicht erschrecken: montag früh eventuell fremde Dame im Büro. Bekannte von mir. Möchte unsern Betrieb ein bißchen kennenlernen. Stellen Sie sie vor die eine oder andere Aufgabe. Sie ist – *er räuspert sich* – sehr guten Willens …

Lotte kommt mit einem Packen Blätter aus dem Hintergrund. Sie trägt ein langes, leichtes Kleid, fast sommerlich.

LOTTE Nun lies doch mal, was ich da den ganzen Tag über geschrieben habe.

Alf blickt geradeaus, beachtet die Blätter nicht.

Es interessiert dich nicht?

ALF Du hast es ja nicht selbst geschrieben, Lotte.
Sondern du hast es nur abgeschrieben.

LOTTE Abgeschrieben? … Hm.
Ja – ist denn das nichts?
Solange ich das abschreibe, stecke ich doch voll und ganz drin in der Sache, ich, deine Freundin!

ALF Ja, du hast es sauber abgeschrieben.
Eine gute Leistung.

LOTTE Lies es!

ALF Nein. *Lotte stöhnt verärgert.*

ALF Wenn du willst, üben wir uns nächstens im korrekten Briefdiktat mit allem Drum und Dran.

LOTTE Ja. Ich will. Jetzt. Fang an.

Sie nimmt Papier und Bleistift, setzt sich auf den Tischrand.

Es soll mein Ehrgeiz sein, mich von der alten Dommermuth in Steno nicht zu unterscheiden.

ALF Du weißt, die Dommermuth ist keine Tippse. In drei Jahrzehnten städtischer Verwaltung ist sie zu einer vollwertigen Assistentin ausgereift.

LOTTE Das schaffe ich auch noch.

ALF Manchmal, Lotte –
bei aller Liebe –
manchmal scheint mir doch,
du krallst dich allzu überstürzt
in meinem Alltag fest –

LOTTE Ich will dir helfen, Alf.

ALF In meinem Alltag fest,
also schon mit Bärentatzen!
Wenn man bedenkt, daß wir uns erst seit vierzehn Tagen kennen und über ein erstes Kennenlernen kaum hinaus sind.

LOTTE Nein, nein, Alf. Keine Angst. Ich will dir helfen.

ALF Vergiß nicht, bitte, auf eigenen Füßen stehenzubleiben. Eine Frau, heute, gewinnt beachtlich durch erhöhte innere Selbständigkeit. Ja, sogar durch Kühle. Ein wenig Kühle.

LOTTE Klar du, weiß ich. Dafür lern ich jetzt Büroarbeit. Diktier!

ALF Schreib ... Herrn Doktor Neuffer. Verehrter Herr Doktor Neuffer ...

LOTTE Links oben voller Name, genaue Anschrift.

ALF Verehrter Doktor Neuffer ...

LOTTE Voller Name, genaue Anschrift!

ALF Du findest sie in der Ablage, Lotte ...
Lieber Herr Doktor, was lange währt, wird endlich gut. Nach zähen Verhandlungen mit den Kollegen vom Gartenbauamt sehe ich mich heute in der glücklichen Lage,

Ihnen und Ihren Freunden die Genehmigung zur Inbetriebnahme eines Hundedressurfeldes auf Ihrem Grundstück am Deutschmühlenweiher zu erteilen. Die Ihnen hierfür vom Stadtbauamt –

Bitte, rede nicht immer den Text mit!

Die Ihnen diesbezüglich von seiten des Stadtbauamtes bereits bekanntgegebenen Auflagen – in Klammer: Sicherheitsbezaunung, Parkplatzerstellung etcetera – werden Ihnen in einem zusammenfassenden Schreiben des Herrn Stadtdirektor Bels – B e l s – in Kürze zugehen.

LOTTE Parkplatzerstellung undsoweiter?

ALF Ja. Undsoweiter.

LOTTE Nein: undsoweiter statt etcetera?

ALF Liebes – frag mich nicht ...

Was die von Ihnen erwähnten Lärmschutzbestimmungen betrifft, so sehe ich nicht, was Sie von dorther zu befürchten hätten. Wir befinden uns ja nicht in unmittelbarer Nähe eines Wohngebiets. Freilich sollte man, vor allem wochenends, mit den Dressuren nicht in aller Herrgottsfrühe beginnen. Ich verbleibe für heute mit allen guten Wünschen ...

LOTTE Wochenends? Sagt man das?

ALF Warum nicht.

LOTTE ›Wochenends‹, huuh!

ALF Schreib was du willst.

LOTTE Wochenends, da sträubt sich mir alles ...

War das nun ernst? Oder war das nur ein Übungsbrief?

ALF Ernst, ja, ernst.

LOTTE Schön. Ich schreib ihn sofort.

Sie geht nach hinten ab, schreibt im Nebenzimmer auf der Maschine.

ALF *ins Diktaphon.* Dommermuth. Fürchterlich. Was soll werden ...

Diese Bekannte von mir, wie gesagt. Kenne sie kaum, erst zwei Wochen. Man trifft sich bei Waltherchen, man lacht sich zu, die kommt mit zu einem nach Hause und zu Hause setzt sie sich fest. Geht nicht wieder. Belastung. Was soll werden. Angst.

Lotte tritt auf in Motorradhelm und Motorradjacke und zieht einen kleinen Schlitten hinter sich her. Darauf liegt ein Brief. Alf steht auf, starrt sie an, tritt neben den Schreibtisch.

LOTTE Ich bringe den Brief zur Post.

ALF Es liegt kein Schnee.

LOTTE Ich fahre mit meiner Honda.

ALF Du kannst also motorradfahren, Lotte?

LOTTE Ja.

ALF Und wo ist dein Motorrad?

LOTTE *zieht kurz an der Schlittenleine.* Da. Ich habe es immer bei mir.

ALF Du kannst n i c h t motorradfahren.

LOTTE Ja. Kann ich.

ALF Woher hast du die Kluft und den Schlitten?

LOTTE Na, die Sachen habe ich immer bei mir.

ALF Nicht wahr. Du lügst.
Hast es mitgehen lassen. Wo? Beim Hausmeister?

LOTTE Ja. Ich hab's immer bei mir.

ALF Zeig mir den Brief, Lotte.

LOTTE *übergibt den Brief.* Hier ist der Brief.

ALF Lieber Paul ... der Mai ist gekommen. Die Bäume schlagen aus. Ich liebige den Bürgermeister. Ich liebige ihn von ganzem Herzen. Dieses Jahr ist nur ein weiteres Jahr. Und so bleibt nun mein Werdegang dahingestellt. Bin ich schuld am Entleben des Grünzeugs in unserem Wohnzimmer? Ja. Ich selbst bin ein wieder runterkletternder Kletterstrauch. Ich selbst bin immer deine Lotte Philodendron ...

LOTTE Für Herz kann man auch sagen Einhorn.
Von ganzem Einhorn.

ALF *blickt auf den Brief, nickt.* Hm, hm ...

LOTTE Das Herz ist ja immer das Einhorn gewesen, das noch nie jemand gesehen hat.

ALF Und wer ist der Bürgermeister?

LOTTE Du bist es.

ALF Weshalb nennst du mich Bürgermeister?

LOTTE Du regierst die Bürger.

ALF Das tue ich doch gar nicht.

LOTTE Oh ja, das habe ich schon herausgefunden, daß du der Bürgermeister bist.

ALF Und wie hast du es herausgefunden?

LOTTE Dies hier ist Saarbrücken, und man hört es auch an deiner Stimme.

ALF Ich bin nicht der Bürgermeister.
Hier bist du im Stadtbauamt.
Ich bin Angestellter im Stadtbauamt.
Ich bin kein Stadtbaurat, verstehst du?

LOTTE Ja.

ALF K e i n Stadtbaurat!

LOTTE Ja.

ALF Sind wir jetzt wieder vernünftig?

LOTTE Ja.

ALF Der Brief ... Der Brief ist fürchterlich.
So geht es nicht. Fürchterlich.
Du wirst das alles noch einmal schreiben.
Überleg dir vorher genau, was du sagen willst.
Was willst du sagen?

LOTTE Ich will meine Scheidung.

ALF Das steht aber nicht drin im Brief.

LOTTE Paul weiß es.

ALF Was heißt denn ›liebigen‹!?
Was ist das für ein Wort?
Liebigen – gibt es nicht, gibt es nicht in deutscher Sprache.
Gottverdammter Mist! Hörst du?
Entweder du sagst: liebe ihn von ganzem Herzen,
oder du sagst: billige ihn von ganzem Herzen ...

Vielleicht meinst du billigen?

LOTTE Nein. Liebigen. Paul weiß Bescheid.

ALF Und dann muß es doch heißen: am E r-leben des Grünzeugs!

LOTTE Am Entleben des Grünzeugs.

ALF Entleben! Entleben! Gibt es nicht, gibt es nicht. Fürchterlich. Nicht mit dem deutschen Wort umgehen können, gleichwohl flehende Briefe schreiben wollen! Das wirst du jetzt alles noch einmal schreiben. Und überleg dir vorher genau, was du sagen willst.

LOTTE *nimmt den Brief zurück.* Ja.
Ich weiß meine Briefe nicht mehr zu schreiben ...

ALF Nun ziehst du auch die alberne Montur wieder aus.
Komm her ...
Während er ihr behilflich sein will, stößt Lotte plötzlich in einer ungeschickten Bewegung mit dem Helm an sein Kinn. Er schreit ›Au!‹ und schlägt in einem Wutanfall auf den Helm ein. Lotte bleibt starr stehen. Er greift ein Lineal vom Tisch und schlägt es auf den Helm, bis es zerbricht. Lotte dreht sich um, geht, ihren Schlitten nach sich ziehend, nach hinten.

ALF So gehe ich nicht mit dir –
So kann ich mich nicht mit dir sehen lassen!

LOTTE Das brauchst du auch nicht.
Schlagen lasse ich mich von niemand.
Sie geht in das Nebenzimmer, schreibt sogleich wieder auf der Maschine. Alf stürzt ans Diktaphon.

ALF Dommermuth. Lotte eben geschlagen. Mein Gott. Fürchterlich. Raptus. Lotte plötzlich geistig verändert. Muß ihr helfen. Verlor aber Fassung. Bin zu störanfällig. Müßte mit mehr Humor an sie ran. Letztlich eine reiche Begabung. Zeichnet herrlich. Tritt ans Fenster. Spricht zu den Topfpflanzen. Fürchterlich.
Pause.
Dommermuth. Ich kann unmöglich in unserem Winkel

hier mit einer geistig so labilen Frau herumlaufen. Wir müssen ihr helfen. Aber gütig sein, gütig!

Lotte kommt zurück, ohne Jacke und Helm, wieder normal gehend. Mit verschlossenem Gesicht. Sie übergibt Alf eine Briefseite.

ALF *liest.* Lieber Herr Doktor . . .

Auf der Suche nach einem Witz.

Ah! Der Brief an den Herrn Köterpräsidenten, den Herrn Doktor Hund . . . an den Hundeeintänzer, den Vier-Beine-General *immer verbohrter* den Abrichter und Scharfmacher, den Rassisten und Landeszuchtwart, den Hundesturmbandführer mit seiner Faß-und-Beiß-Schutz-Staffel!

LOTTE *reagiert nicht.* Lies.

ALF *überfliegt den Brief.* Lieber Herr Doktor, was lange währt, wird endlich gut . . . Ja. Das hast du aber ausgezeichnet geschrieben, Lotte.

LOTTE Fehlerfrei.

ALF Ja.

Sie nimmt den Brief und will wieder nach hinten gehen.

LOTTE Frankieren und abschicken.

ALF Laß. Hat Zeit bis Montag.

LOTTE *übellaunig.* Besser als fehlerfrei macht's dir auch keine Dommermuth.

ALF Bleib hier.

Sie bleibt stehen, ohne sich umzuwenden.

Was hast du? Warum siehst du mir nicht ins Gesicht?

Was denkst du, hm?

Lottekind, wir sind nicht Mann und Frau. Wir sind kein Ehepaar, keine Schicksalsgemeinschaft. Wir schmollen jetzt nicht. Wir finden immer ein klärendes Wort –

Was war das eben für ein böser Patzer: Schlitten, Paul und Sturzhelm? Wie versteh ich das? Erklär's mir!

Ich muß es wissen. Andernfalls bleibt ein Verdacht . . .

Hast du diesen Brief einer Verrückten verbessern können?

LOTTE Also – ich hab's versucht . . .

Alf Versucht, Lotte? Was heißt da versucht?

Lotte Na ja ... wenn du meinst.

Sie will gehen.

Alf Nein, nein, ich meine gar nichts. Ich frage nur ...
Lohnt sich überhaupt der Brief? Lohnt sich Scheidung überhaupt und in Saarbrücken bleiben?
Für mein Gefühl bist du, vom ganzen Typ her, eher freier Zugvogel, der jetzt schon wieder neue Horizonte sucht ...
Ich müßte umdenken, wenn es anders wäre.

Lotte *sieht ihn offen an.* Du wirst mir fremd, Alf.

Sie geht rasch nach hinten ab. Man hört sie wieder auf der Maschine schreiben.

Dunkel

Der eklige Engel

Lotte
Mann im Parka

Eine Bushaltestelle, ein voller Abfallkorb. Ein junger Mann im Parka wartet. Im Hintergrund läuft Lotte mehrmals vorbei: kurzes helles Haar, sehr blasses Gesicht, wieder im alten noch stärker ausgeblichenen Kostüm, Turnschuhe an den Füßen, eine große Einkaufstasche am Arm. Sie läuft in hastigen Trippelschritten, bleibt manchmal abrupt stehen, sieht auf ihre Füße, als traue sie ihnen nicht, rückt sie gerade nebeneinander. Es sieht aus, als störe sie der Takt der eigenen Schritte. Sie tritt schließlich von hinten an den jungen Mann heran.

LOTTE Fürchte dich nicht!
Ich will nur einen Augenblick neben dir stehen.
Sie stellt sich neben ihn.
So.
MANN Na, und jetzt?
LOTTE Besser. Ich fühle mich besser.
Nur ein Augenblickchen noch.
Sie atmet plötzlich mit breit aufklappendem Mund, luftschlingend.
MANN Was machst du?
Was soll das mit dem Maul?
LOTTE Weiß nicht.
MANN Kriegst du nicht Luft genug?
LOTTE Doch, doch ...
Nun ist es wieder vorbei.
Ich bin schon die ganze Zeit um dich herumgeschlichen.
MANN Hab ich gemerkt.
Hast du nichts Besseres zu tun?
LOTTE Ich bin froh, daß ich hier bin.
MANN Tss! Und ich trinke Jägermeister,
weil mein Computer heute sein Abitur bestanden hat.
LOTTE Ah, Scherze, Scherze!
Kein Mann ohne Scherze, wie?
Ich wette, du gehörst zu den Typen,

die den Gurt anlegen, wenn sie sich im Autokino einen Film ansehen. Das war ein amerikanischer Scherz.

MANN Dir möchte man nicht am Frühstückstisch begegnen. Mit d e m Gesicht...

LOTTE Das vergißt sich, Junge.

MANN Wahrscheinlich. Schlimm genug.

Pause.

LOTTE Gott ist einfach, ist wahr in Tat und Wort. Er verwandelt sich nicht und betrügt niemanden.

MANN Hau bloß ab.

LOTTE Möchte ich nicht.

MANN Zeugin Jehovas, hm?

LOTTE *schüttelt den Kopf.* Ich bliebe gern, bis daß du in den Bus einsteigst.

MANN Was bist du? Was für eine?
Nicht alt, nicht jung.
Kreidebleich von Kopf bis Fuß.
Fällst unterm Mond nicht weiter auf,
weiß, wie du dastehst.
Schlohweiß oder schlehweiß?

LOTTE Sieht man's nicht, was ich bin?
Hab ich den Scheitel nicht gerade gezogen?
Gefalle ich dir kein bißchen?

MANN Noch was, hm?

LOTTE *flüstert ihm ins Ohr.* Ich bin eine Gerechte...

MANN Schlohweiß oder schlehweiß?

LOTTE Ich bin eine Gerechte.

MANN Zeugin Jehovas, ach, fuck, Scheißdreck.

LOTTE Nein. Eine Gerechte ist –
Sieh: es gibt auf der ganzen Welt nur sechsunddreißig Gerechte. Nur sechsunddreißig auf der ganzen Welt! Die Zahl liegt fest. Sie steht geschrieben bei den alten Juden. Jedes Menschenalter erhält von Gott sechsunddreißig Gerechte, die die Welt zusammenhalten und die aber im Verborgenen leben.

Niemand kennt sie, jeder weiß, daß es sie gibt.
Es kann deine Nachbarin sein!
Sechsunddreißig Gerechte, die niemand kennt,
und auf denen steht die Welt.

MANN Und davon eine du.

LOTTE Ja. Zufall. Ich kann gar nichts dafür. Zufall.

MANN Und was tut eine Gerechte?

LOTTE Gehet ihrer Wege. Lernt die Menschen kennen,
hilft, wo sie nur kann. Hilft eben immer.
Macht dem Antichrist das Leben schwer.

MANN Macht ihr das ganztags, oder –?

LOTTE Ganztags, ja.

MANN Und sonst beruflich nichts?

LOTTE Auch im Beruf. Auch am Arbeitsplatz. Überall.
Ich war ja schon Krankengymnastin, Grafikerin und bald Dolmetscherin. Werde ich noch. Und selbst?

MANN Ich heiße Bob Fechter
und bin beim Rundfunk beschäftigt.

LOTTE Beim Rundfunk ...
Was speziell beim Rundfunk?

MANN Datentechniker.

LOTTE Was wird das sein im einzelnen? Erzähl mal!

MANN Na, du kannst dir vielleicht vorstellen, daß so ein Riesenbetrieb seine zigtausend Informationen laufend auf der Bank haben muß!

LOTTE Ja.

MANN Also.

Pause.

LOTTE Evangelisch oder katholisch?

MANN Gar nichts.

LOTTE A-the-i s t ?

MANN Nicht mal.

LOTTE Nicht mal ... Atheist –
Plötzlich im Zorn.
Und was glaubst du denn, von wem da oben

das Licht zu uns herunterschillert?!
Mann, Bob! Achtung, Achtung ...
Du weißt ja nicht, was läuft ...

MANN Du kannst mir viel erzählen.

Lotte bekommt wieder das Luftverschlingen.

Laß das!
Hör auf, das Maul zu klappen.
Hast du eine Krankheit?
Willst du neben mir hier deine Krankheit ausdünsten?

LOTTE Wird schon besser.
Es geschieht mir so.
Husten ist es nicht.
Du weißt ja nicht, was läuft ...

MANN Seit wann hast du das?

LOTTE Erst hier.

MANN Du bist nicht gesund.

LOTTE Es ist alles noch so neu für mich ...

MANN Stirb mir bloß nicht hier.

LOTTE Nein. Ich sterb nicht.

Er holt aus seiner Jackentasche einen Streifen Dragées, hält ihn ihr hin.

LOTTE Was ist das?

MANN Multivitamin.

LOTTE Das taugt doch nichts, das Zeug.

MANN Wenn die Vicky es nimmt, wird es nicht schlecht sein.

LOTTE Nimmt sie es?

MANN Ja. Bekanntlich.

LOTTE Bloß im Fernsehen.

MANN Das wird sie auch sonst nehmen.
Das ist ja nicht schlecht, das Zeug.

Lotte geht langsam zum Abfallkorb, der am Haltestellenpfahl befestigt ist.

MANN Wohin?

LOTTE Ich muß dahinten mal eben was sehen.
Dreh dich um!

Sie wühlt im Abfall, sammelt Papier in ihre Tasche.

MANN *für sich.* Eine Frau ...
Nicht alt, nicht jung.
Eine Frau ... Noch was, hm?
Wenn man zu Hause mal eine Frage hat,
antwortet sie einem.
Was verstehst du unter ›Fragen‹?
Tja. Stimmt auch wieder.

Zu zweit lacht man besser vorm Tiwi
als einer allein.
Er hebt und senkt im Zweifel die Schultern.
Sie kann Schach spielen ...
Genau das kannst du besser im Club.
Sie kann Schach nicht spielen ...
Handicap.
Er sieht nach Lotte.
Was machst du denn da?!
Du Ferkel ...!
Pfui Teufel! ... Bah!
Finger raus aus der Scheiße! Bah!

LOTTE Gleich, gleich ...
Dreh dich um! Komme gleich ...

MANN Bah! ... Fies! Fies!

LOTTE Nichts sagen. Still. Komme gleich.
Sie kommt zurück und stellt sich wieder neben ihn.

MANN Wie kann man sich nur so gehenlassen! Pfui Teufel!

LOTTE Tue ich nicht.

MANN Hab's ja gesehen. Du faßt in die Scheiße von anderen Leuten.

LOTTE Ich such nur nach den Zeitungen.
Ob was drin steht von Paul.
Nur Papier. Trockenes ...

MANN Bei uns braucht keiner die Scheiße
von anderen Leuten fressen.

LOTTE Nein.
MANN Du könntest anständig aussehen.
Beruf hast du, helfen kannst du.
Es gibt keinen Grund, sich gehenzulassen.
LOTTE Tue ich nicht. Ich habe bloß schnell nach Gedrucktem geguckt.
MANN Nur Geisteskranke greifen da rein. Nichtseßhafte greifen da rein. Gierig, gierig wie die Hyäne ...
LOTTE *leise.* Ich bin eine Gerechte ... Gott ist wieder da.
MANN Du bist eine Frau. Nicht alt, nicht jung.
Du könntest anständig aussehen.
Such dir einen passenden Freundeskreis,
packt eure Probleme gemeinsam an.
Du könntest aussehen wie eine Frau, die jeder gern hat.
LOTTE Ich? Na. Weiß nicht.
Mach mir eine Vision davon.
MANN Vielleicht schon morgen, vielleicht erst übermorgen – was machst du, wenn die große Freizeit kommt? Die große Freizeit kommt, so sicher wie das Amen in der Kirche.
LOTTE Stimmt. Weiter!
MANN Wer sich dann nicht fest in
der Hand hat, wer sich dann nicht zu beschäftigen weiß, wer sich also gehen läßt –!
LOTTE Tue ich nicht, tue ich nicht!
MANN Ein Beispiel: ich gehe in einen Schachclub.
Zweimal die Woche. Immer dieselben anständigen Gesichter. Erstens: die Ruhe. Die an sich gibt schon einen Halt. Dann die Spiele auswärts. Die vergnüglichen Reisen –
Er verstummt.
LOTTE Schön. Weiter.
MANN Was machst du, wenn der Bus kommt
und ich einsteigen muß?
LOTTE Ich gehe nicht wieder an den Korb, Bob!
MANN Aber w a s machst du?
LOTTE Tja. Was mache ich ...?

Was mache ich, was mache ich,
wenn die Musik einmal zu Ende ist ...

MANN Spielst du Schach?

LOTTE Nein.

MANN Willst du es lernen?

Sie sieht ihn an, wendet langsam den Kopf hin und her.

LOTTE Nein ... Nein.

Pause.

MANN Die Spieler gehen an ihre Plätze.
Man gibt sich die Hand, aber man schüttelt sie nicht ... Die Männer nennen sich untereinander Kortschnoj und Polugajewsky. Karpow und Portisch. Oder Spaski und Fisher. Oder –

Dunkel

In Gesellschaft

Lotte

Arzt

Patienten

Wartezimmer eines Internisten. An den Wänden schockierende Antiraucher-Plakate. Lotte wartet mit sechs weiteren Patienten. Sie blättern in Illustrierten, lösen Kreuzworträtsel, starren vor sich hin. Eine dicke Frau strickt, ein Türke bewegt sich unruhig auf seinem Stuhl. Über der mit weißem Leder bespannten Tür zum Sprechzimmer ruft ein Lautsprecher die Namen der Patienten auf. Es ist Sommer. Lotte (in ihrem ausgeblichenen Kostüm) sitzt in der Nähe eines halbgeöffneten Fensters. Straßenlärm und Kindergeschrei von einem Schulhof. Für jeden Patienten nimmt sich der Arzt ein bis zwei Minuten. Manchmal, wenn nur ein Rezept zu erneuern ist, geht es noch schneller. Es werden, in Abständen, aufgerufen: ›Fräulein Quadt, bitte‹ ... ›Herr Werner Schmid, bitte‹ ... ›Frau Doktor Melchior, bitte‹. Die abgefertigten Patienten kommen nur dann ins Wartezimmer zurück, wenn sie dort noch ein Kleidungsstück oder eine Tasche abzuholen haben. Sie können auch vom Sprechzimmer aus die Praxis verlassen.
Nach dem dritten Aufruf – Frau Doktor Melchior, bei der es etwas länger dauert – betritt eine alte Frau den Raum und grüßt höflich. Die Wartenden antworten mit undeutlichem Gemurmel. Auf einmal spricht Lotte laut in die Runde der schweigenden Leute ...

LOTTE Vielleicht interessiert es Sie, daß mein Mann vor kurzem eine hohe Auszeichnung erhielt ...
Mein Mann ist der Publizist Paul Liga.
Schreibt auch unter dem Namen Smoky.
Er –
Alle Patienten sehen Lotte verwundert an. Sie verstummt und starrt auf den Boden. Frau Doktor Melchior kommt aus der Ordination zurück und holt einen Sommermantel von der Garderobe. Sie sagt laut und deutlich »Auf Wiedersehen« beim Rausgehen. Alle erwidern. Der Name »Herr Üranüz, bitte« wird aufgerufen. Der Türke steht

eilig auf und geht ins Sprechzimmer. Eine junge Frau kommt herein, sagt so leise »Guten Tag«, daß niemand antwortet. Alle mustern sie. Der Name »Frau Pentowski, bitte« wird aufgerufen. Die dicke Frau steht auf, läßt ihr Strickzeug auf dem Stuhl liegen, geht zur Tür, kehrt um, nimmt ihre Handtasche mit, geht ins Sprechzimmer ...

Es wird dunkel und gleich darauf wieder hell. Lotte sitzt allein im Wartezimmer. Der Arzt kommt herein, wirft die neueste Ausgabe des ›Spiegel‹ auf den Lesetisch. Er sieht Lotte ...

ARZT Sind Sie nicht aufgerufen worden?

LOTTE Nein.
Ich bin hier nur so.

ARZT Sie waren angemeldet für heut vormittag?

LOTTE Nein. Ich bin hier nur so.
Mir fehlt ja nichts.

ARZT Gehen Sie bitte.

LOTTE Ja.

Lotte geht langsam hinaus. Der Arzt schließt hinter ihr die Tür. Geht ins Sprechzimmer, schließt die Tür.

Dunkel

Botho Strauß im Hanser Verlag

Marlenes Schwester
Zwei Erzählungen. 1975. 112 Seiten.
Englische Broschur 12.80 DM

Trilogie des Wiedersehens
Theaterstück. 4. Auflage 1978. 128 Seiten.
Englische Broschur 18.– DM

Die Widmung
Erzählung. 5. Auflage 1978. 148 Seiten.
Leinen 19.80 DM